会津武士道に生きた

歴史物語

伴百悦

中島欣也

伴百悦イメージ画

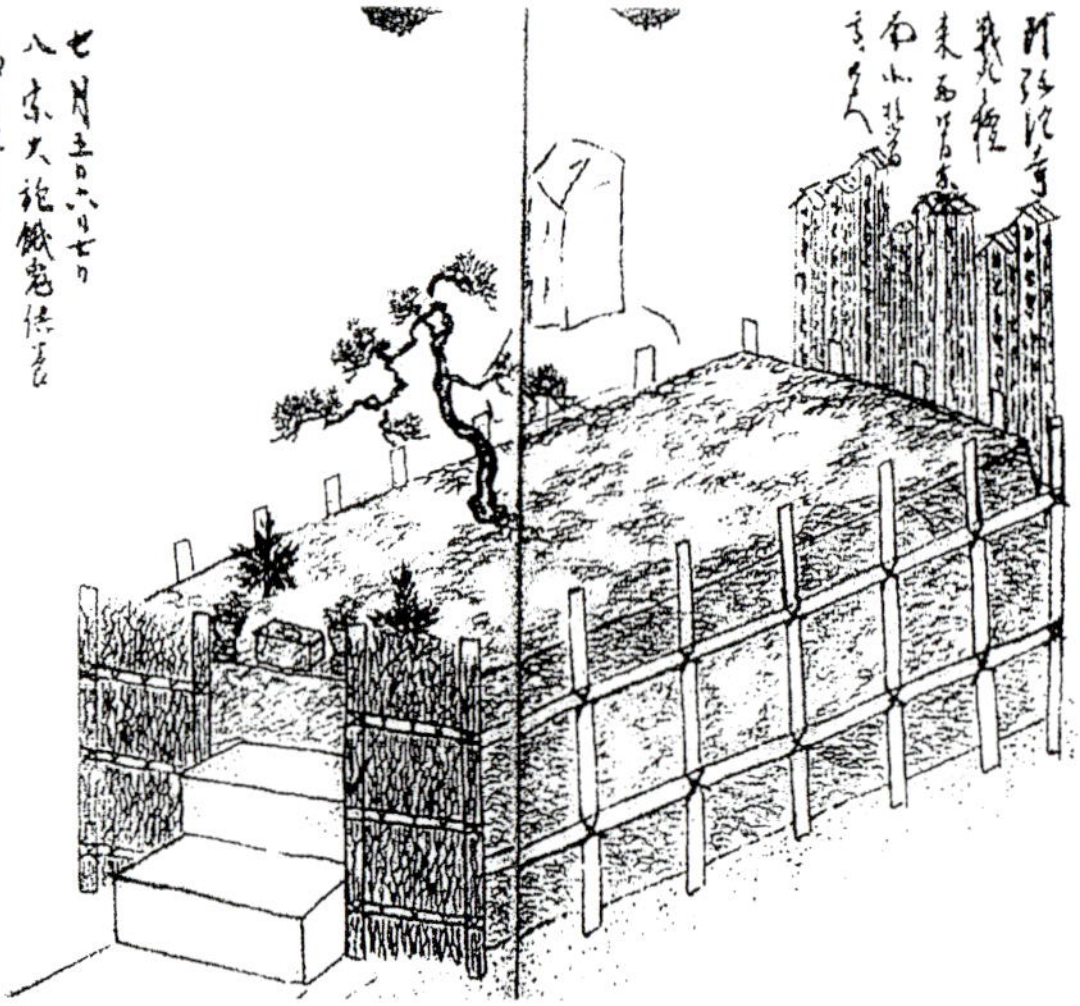

明治二年、阿弥陀寺に合同墓が出来た。
〔東西四間余、南北十二間、高さ四尺の壇で、その周囲には木柵を施し、頂上には松を一本植えた。〕
「七月五日、六日、七日、八宗大施餓鬼供養致候事」と記されてる。

久保村文四郎はこの束松峠の天屋の丘陵で殺害された。当時の束松が今も枝を広げている。人呼んで束松事件と云った。

平成二十五年五月の風景

伴百悦イメージ画

昭和41年、会津人柏村毅（越後交通社長）の手によって、
墓が建てられた。（新潟市秋葉区大安寺）

口絵　イメージ画
本文　挿絵
久家純子作画

目次

会津武士道に生きた

歴史物語

伴百悦

第一章　山野の遺体

一

明治二年一月三日、陽暦では二月十三日、猪苗代湖の北岸を西進して、会津若松城下まであと二里余という戸ノ口原へさしかかった、会津藩士の一隊があった。家老原田対馬《つしま》以下約二十人。彼らはいずれも、前年の戊辰戦争で悲壮な一ヵ月の籠城ののち、ついに北追手《きたおうて》に白旗を掲げたその敗軍の将兵であった。会津を占領した西軍の命令によっていま移動中の彼らには、物々しく銃を担いだ米沢藩の一小隊、約六十人が、警戒兵として同行していた。

国破れて山河在り――凍《い》てついた雪の湖岸から見る猪苗代の静かな湖面も、右手に仰ぐ純白の磐梯山も、彼ら藩士にはすべて傷心の風景だった。まして今さしかかったこの戸ノ口原は、前年八月二十二日から二十三日にかけての、思い出も生々しい激戦場である。正規兵が城下を出払って、遠く藩境の外で戦っていたその手薄な若松城のお膝元へ、母成《ぼなり》峠を突破した西軍は、錐《きり》をもみこむように息もつかせず突入してきた。猪苗代破れ、十六橋抜かれ、この戸ノ口原は、急を聞いて駆けつけた農民の召募兵や、白虎隊士たちの血で赤く染まったのだった。

「戸ノ口じゃ」

「ああ、白虎隊。あの少年たち――」

うなずき合う会津藩士たちの声は湿っていた。

前年九月二十二日開城した時、若松城には約五千人が籠っていた。そのうち武士でない者、老幼婦女子、傷病者などを除いて、三千数百人が猪苗代に集結、謹慎を命ぜられた。松平容保《かたもり》、喜徳《よしのり》の藩主父子は、別に城下の北郊妙国寺に謹慎を命ぜられたが、すでに前年十月、東京へ送られていた。そして猪苗代の藩士たちは、年が

伴百悦関係　会津地名図

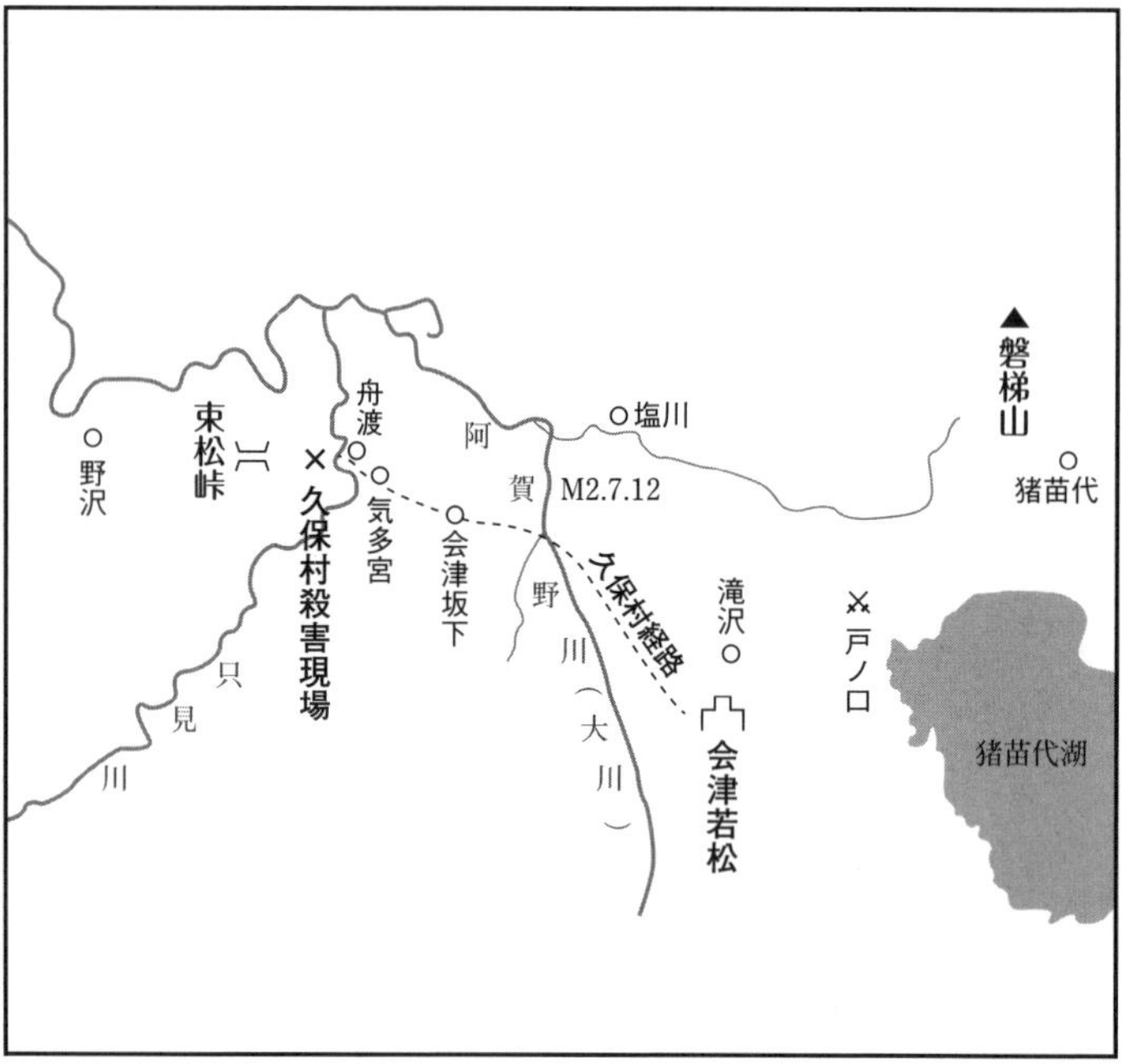
磐梯山
塩川
猪苗代
野沢
束松峠
舟渡
阿
賀
M2.7.12
×久保村殺害現場
気多宮
会津坂下
久保村経路
滝沢
×戸ノ口
只
見
川
野
川
（大
川）
会津若松
猪苗代湖

明けて信州松代藩へお預けと決まり、彼らの第一陣はこののち正月七日に信州へ出発することになっていた。

しかし猪苗代にいた籠城組会津藩士のうち、ごく少数の者は残留を命ぜられ、城下の北郊滝沢村へ移動ということになった。それが原田対馬以下のこの一行で、その中の一人の町野主水《もんど》の追想（『辰のまぼろし』）によれば、この中で固有名詞の出てくる藩士は原田以下十四人、ほかに「付人若干名」となっている。そして本篇の重要人物であるこの町野主水のほか、同じく高津仲三郎の名も、この十四人の中に見られる。

彼ら残留組の任務というのは、占領軍の軍務局に協力する地元取締りの補助、ということであった。具体的にいうなら、敗戦後、素直に謹慎所に移ることを承知せず、城下や近在の民家などに潜伏してしまった藩士たち、つまりそうした不穏分子を滝沢村へ集めて、お預けになった謹慎先へ送致する、というのが主な任務なのであった。

この戦後処理の会津藩残留部隊は四十名ほどだったらしいが、そのスタッフは前

戦後軍務局の事務補助として残留した原田対馬以下の会津藩士たちの宿舎となった、会津若松北郊滝沢村本陣

述のように、猪苗代からの組が約二十名とすれば、残り半数は別口からの合流者だったのだろうか。若松城の戦いは、籠城組のほか、包囲している西軍の背後で遊撃戦を展開した部隊もあって、城外で投降したこれら会津兵千七百余名は、猪苗代ではなく若松北方の塩川に集結、謹慎を命ぜられたのだった。この塩川組は越後高田藩お預けとなり、一月九日から移動を始めるのだが、彼らの中からも、滝沢村残留を命ぜられた者があったのかもしれない。

籠城組と野戦組の混合編制の方が、潜伏している藩士たちを投降させるという、残留部隊の目的にも適うわけだし、本書の主人公会津藩士伴百悦が、この滝沢残留組の一員になっているはずなのに、しかも五百石の上士であるのに、先の猪苗代の原田以下十四名の中にその名がないのも、それで説明がつく。伴は越後から会津へ後退して城外で戦い、塩川へ収容されたあと滝沢村へきて、町野や高津と合流した。そんなふうに私は想像してみる。

それはともかく、猪苗代から滝沢村へ向かう原田以下の会津藩士たちは、いましかかった戸ノ口原で思わず足を止めていた。日が高くなって、冬には珍しい暖かさになったせいか、異様な臭いがあたり一面に立ちこめていた。

「見ろ、死体じゃ。わが藩戦死者の——」

「うむ」

目を覆わせる光景だった。雪をかぶっていたり、露出していたり、あちこちに死体が散乱している。小柄な死体は少年だろうか。とすれば、それは白虎隊士だろうか。死体の上には音もなく、黒々とカラスが群れて、時々、足許をついばんでいるのが見える。

「ああ、われらの仲間は、まだ戦争の時のまま放置されているのだ」

「殉難の死者を埋葬させない。このようなむごいことがあろうか」

「国に殉じた少年たちを遇する道だというのか、これが」

「くそっ！　薩長の下郎《げろう》には、武士の情けなどは、無縁のものなのじゃ」

　藩士たちは泣いていた。

　会津落城後、西軍当局は「彼我ノ戦死者一切ニ対シテ、何等ノ処置ヲモ為スベカラズ、若シコレヲ敢テ為ス者アレバ厳罰ス」という命令を出した。そ

してどこの戦場でもそうであったように、ここ若松城下でも、西軍戦死者の遺体だけを集めて立派な「官軍墓地」を作ったが、他の死体は空しく山野に放置された。降伏後すでに三ヵ月余、いま目の当たりその無残さを見ると、藩士たちは敗戦の現実に胸がかきむしられる思いになるのだった。

「しばらく！　しばらく！」

あちこちから、そういう声が起こった。代表して原田が警備の米沢藩隊長に申し出た。

「ご覧のとおりの仕儀でござる。われらこれを見捨てて、このままここを通り過ぎるに忍びません。戦死者たちの遺体の調査を致したい。しばらくの間、ここでの休息をお願い致しとうござる」

米沢藩は会津より先に降伏して西軍の一員となったものの、初めは同じ東軍のメンバー、つまり会津の友藩だった。

「元より親交の米藩士とて、ただちに諾す」（『辰のまぼろし』）

藩士たちは四方に散って死体を調べて歩いた。横たわる死体は老若、いずれも肉が腐乱して悪臭を放ち、カラスや野犬に食い荒らされていた。首のないものもある。この中で、白虎隊士の遺体は九体が認められたと『辰のまぼろし』では記す。しかし飯盛山で自刃した十九士のほか、三十一人の白虎隊士が各地で散華しているが、戸ノ口原での戦死は記録されていない。涙にかすんだ藩士たちの目と、判別もつき難い腐乱死体の状況が、こういう記述を生んだものであろうか。

——滝沢村に着いた悲憤の一行は、その晩、原田対馬のいる本陣、横山山三郎邸の一室に集まった。あまりにもむごい勝者のやり方ではないか。義に殉じたわれらの同志の屍を、これ以上山野にさらし、魂魄を宙にさ迷わせていていいのか。その思いが口々にぶちまけられた。さし当たって、全戦死者の埋葬が許されないなら、せめてまず白虎隊士の遺体だけでも、ちゃんと埋葬してやりたい。そういうことに意見は一致した。

その時、一行の中の町野主水に面会を求めてきた者がある。近くの牛ヶ墓村の肝《きも》煎《いり》（庄屋）吉田伊惣治であった。伊惣治が藩士たちの前で語ったのは、次のようなことだった。

昨年のことだが、伊惣治は弁天山の山腹で、割腹している少年たちの遺体を発見した。まだ幼さの残るその死に顔に、伊惣治はたまらなくなって大きな木箱を二つ作り、一つの箱に二体ずつ納めて、近くの妙国寺に埋葬した。ところが翌日さっそく彼は西軍に捕らえられ、城下の大町融通寺に設けられていた、軍務局のお白洲に引き出されたのである。

「その方、官命を何と心得ておるか！　賊の死体を取り片づけたは、定めし会津の賊どもに依頼されてのことであろう。ありていに白状に及べ！」

「滅相もございません。私はただ通りかかったところ、顔見知りの若様方の遺体がございましたので、これを鳥や犬が食い荒らすのを見るに忍びず、ただそれだけの気持ちでやったことでございます」

しかし軍務局では聴き入れず、伊惣治はそのまま牢に投げこまれた。伊惣治は生きた心地がしなかった。占領軍は、捕らえた者をろくろく取り調べもせず、薬師堂川原に引き出して斬首にする——ということが知れ渡っていたからだった。数日後、伊惣治はまた白洲に引き出され、取り調べを受けたが、彼の申し立ては変わらなかった。

「然らば、今回だけは大目に見てつかわす。しかし今後このようなことがあってみろ。もう許さん。ただちに首をはねる。わかったか！　その方、村へ帰ったら、この旨全員にしかと伝えろ。帰れ！」

そういう次第で、心を痛めながらも、以後会津藩兵の死体には、だれも手をふれる者がなくなった――というのであった。

　会津藩士たちは、暗然としてこの話を聴いた。しかしそれはいつか、堪え難い悲憤の涙になっていった。嗚咽《おえつ》の声が漏れた。死んでいったわれらの同志を丁重に葬らねばならない。それこそが残留したわれらの責務だ。身命を賭してもやりとげよう。拳で涙をぬぐいながら、彼らはそう誓った。

　夜ではあったが、さっそく二名の応接係、樋口源助、宮原六郎が、残留会津藩士の直接の監督者である米沢藩の陣所へ向かった。滝沢村から出ることを許されているのは彼らだけであって、他の藩士は別に許可がなければ、村外へ出られなかったからである。

「さし当たって、白虎隊士の埋葬だけでも、伊惣治におまかせいただきたい」

　しかし、その会津藩士たちの願いを聞いた米沢藩首役の舘岩盾蔵は、いかにも困惑したという顔で、

「われらではのう、どうすることもできぬ。軍務局に伺った上でのうては、何もいえぬのじゃ。お察しあれ」

弱々しく、そうくりかえすだけだった。戻った二人の報告を受けた会津藩士たちも、もとよりひと晩で決着がつくとは思っていない。明日からの交渉に期待と決意をつないだ。

翌日から彼らは精力的に動き始める。しかしその行動記録の中に、本篇の主人公である伴百悦の名はまだ出て来ない。伴たち塩川からの残留組は、この時まだ滝沢村へ到着していなかったのだろうか。いずれにしても、この問題に身を挺することになる伴が登場してくるのは、もう少し事態が先へ進んでからのことになる。

二

山野に捨てられている殉難藩士の遺体埋葬――滝沢村へ移った残留会津藩士の中で、その運動の中心となったのが、前出、町野主水と高津仲三郎の二人だった。

町野は奉行で三百二十石、剛直な会津武士の典型といわれ、火の玉のような主戦論者でもあった。戊辰戦争では、越後小出島の奉行をつとめ、上州との国境二国峠で奮戦したが、単身敵中へ突入した十七歳の弟久吉をここで失っている。その後は小出島で戦い、六十里越から会津へ後退、ふたたび越後へ進出し、若松の籠城戦では城外にあって勇戦した。

高津は三百五十石で、学者でもあった平蔵の二男だが、槍の名手として藩主護衛の別撰隊員にもなり、これも一本気の熱血漢。前年正月の鳥羽、伏見の戦いで負傷した高津が、江戸の会津藩芝屋敷の病院にいる時、将軍徳川慶喜が傷病兵の見舞にまわってきた。陪臣の高津は、その時、遠慮もなく将軍自身や幕兵のだらしなさを面罵し、返す言葉もない将軍をほうほうの体で退散させた、という剛の者であった。

この二人はともに、若松の籠城戦では城外で戦った組で、最後には入城した町野は別として、高津は塩川謹慎組に入るのが当然だったろうが、前出のように彼は、猪苗代組に入っている。しかし会津若松市の郷土史家宮崎十三八氏によれば、籠城組は猪苗代、城外組は塩川というのは、大別してということであって、例外もあったのだという。

しかしとにかく、そうした熱血の二人であるだけに、会津藩戦死者の遺体に対する勝者の処置に、彼らがどれだけ悲憤の涙を流したかは、想像に難くない。だが前述したように、二人が滝沢村の外へ出ることは許されていない。翌四日、町野と高津は入念に打ち合わせて、応接係の樋口と宮原を、彼らの窓口でもある米沢藩首役の舘岩の許に派遣した。しかし二人は夕方、空しく帰ってきた。舘岩に会えなかったという。

次の五日になって、今度は舘岩の方から樋口、宮原に呼び出しがきた。

「遺体埋葬の件、軍務局にて東京へ問い合わせ中なれば、いま諾否は答え難い」

それが舘岩からの連絡だった。

「一日たりとも、このままにしておけぬ。これは命を賭けねば、とてもだめじゃ」

高津がいうと、町野も深くうなずいた。彼らはすぐ絵に堪能な藩士一瀬喜市を呼んで、白虎隊士の肖像を描かせた。紅顔可憐、匂うような少年隊士出陣の像ができ上がると、それを見る一同の涙はまた新たになった。

「これじゃ。これを持って行け。こうした少年隊士が花と散った。その埋葬を許し

てほしい――とこういうのじゃ。彼らとて、まさか鬼ではあるまい」

六日になった。樋口、宮原は絵を持って、今度は大町融通寺の軍務局へ直接談判に向かった。夕刻になって彼らは、またしょんぼりと帰ってきた。

「縷々《るる》説明しましたが、彼らはきき入れてくれませんでした」

「うぬ！　人情を知らぬ下郎め。かくなる上は――」

唇をかみながら報告を受けた町野と高津は、何かうなずき合った。

「いよいよとなったら、敵の隊長と刺し違えて――」

それが二人の決意だった。

ここで私たちは、会津藩士の交渉相手の軍務局、いや敗戦後の会津を支配した占領軍の機構そのものを見ておきたい。

焼土と化した若松城下は、戦後まったくの無法地帯と化した。占領軍の掠奪、暴行は、各藩競争で行なわれ、「薩州分捕り」「長州分捕り」などの立札が、至るところに立った。焼け残った民家に踏み込み、土蔵を開き、家財を運び出す。それを買いつける他国の商人が待ち受ける。混乱の町で藩士や農商民の妻女が捕らえられ、占領軍兵士の慰みものにされた。

戦争中避難していた町民が、焼け残ったわが家に戻ってみれば、えたいの知れない他国者が、留守の間にそこを占領しており、町には賭場が開かれ、盗賊が横行している。農村では「ヤーヤー」と叫んで庄屋宅などを襲って打ち壊す、いわゆる〝ヤーヤー一揆〟が野火のように広がり、会津地方一帯にニセ金、ニセ札が流れて、経済活動も大混乱になっている。

こうした事態に対処して、九月二十二日の開城とともに、占領軍は融通寺に軍務局を置き、次々に布告を発して軍政をしいたが、一週間後の十月一日には、さらに民政局も設置された。以後、軍務局は次第に純軍事的な領域に戻ってゆき、代わりに民政局は、ふくれ上がる占領地の行政需要に応ずるため、その機構は次第に整備、拡大されていった。

民政局は開設されるとすぐの十月四日、被差別部落の頭を呼び出した。そして城中と城下の郭内（外堀の内側地区）、郊外に放置されている会津兵戦死者の遺体を、まず城中の分から始めて、七日町の阿弥陀寺と西名子屋町の長命寺に埋葬するよう命令した。

この時点では、「賊の遺体は捨て置く」という勝者の姿勢はなかったわけだが、作業はじきに中止され、逆に「手をつけた者は厳罰」となったのだった。民政局が遺体埋葬を命じた十月四日は、陽暦の十一月十七日であり、作業中止はその後の降雪などによるものだったのだろうか。それとも占領軍の方針の変化によるものだったろうか。

民政局の機構は、判事の下に十一職種があったが、これらの職種は逐次ふやされていったもので、庶務方、租税方、営繕方、監察方、会計方、社寺方、生産方と、七職種しかなかったころの職員一覧表を見ると、惣長、加州神保八左衛門（のちに権判事）、越州米岡源太郎（のちに権判事心得）以下の氏名があがっていて、その中の監察方兼断獄の四人の頭取の筆頭に、本篇の重要人物となる「越州久保村文四郎」の名がある。

明治二年六月に若松県ができて、民政局は八ヵ月余の歴史の幕を閉じるのだが、若松県が中央から派遣された文官で構成されたのに対して、民政局は占領軍各藩武官の寄せ集めで構成されたのであり、それだけに武断的、専制的な軍政の色彩が濃かった。

専決処分の権限が大きいこの民政局時代は、惣長などが出勤の場合は、御用箱を持参の案内人がつき、局の役人が村へ出張すれば、村役人は村境まで送迎、案内をするなど、「天朝のお役人」である彼らの権力は絶対的なものだった。しかしその中でもとくに監察方というのは、各職務の中で最もこわもてするポストだったといえる。

「民政局への届け出は監察方が行うもので、監察方は局内外の人の行状、勤務、賞罰、町在の巡回、賄賂、不正の取締り、目安箱などの諸掛り、断獄方では犯罪の事実を調べ、事情によっては専決処分ができた」（『会津若松史』五）

監察方兼断獄の筆頭頭取久保村は、まさに警察、検察から裁判官の権限まで合わせ持ったような存在だったわけで、戦友の遺体埋葬という会津藩士たちの悲願の前に、大きく立ちはだかったのが、次第にこの権力者久保村ということになってゆくのであった。町野、高津らの嘆願は、初めは軍務局が窓口だったろうが、実際には同じ融通寺に店開きしている民政局が、中央との折衝ルートになったであろうし、先に民政局が遺体を取り片づけようとしたことからもわかるように、その職務内容や地位からしても、その交渉の席に、次第に民政局の久保村がすわることが多くなっていったのは、きわめて自然だった。

しかしそれは先の話として、とにかくいまの樋口、宮原の交渉ではラチがあかぬと見た町野と高津は、ついに七日早朝、みずから滝沢村を出た。場合によっては、折衝のため外出してもよろしいという内諾を、彼らは事前に米沢藩舘岩から得てはいたが、舘岩は通行札までは渡してくれなかった。しかし思いつめている二人に、それはもう問題ではなかった。彼らは朝早く、城下一ノ町堺屋に泊まっている、軍務局の総監山本某を訪ねたのである。三日夜からすでに、五日連続の嘆願だった。

寝込みを襲われた形の山本は、不機嫌な顔で二人に会った。二人は白虎隊士の肖像を示して、くりかえし、くりかえし、埋葬許可を嘆願した。いつの間にか、二人とも熱涙をぼろぼろと流していた。しかし山本は迷惑そうな顔をするだけだった。

「これ以上、その方らの話を聴いてはおれぬ。もはや出勤の時刻じゃ。まだ話があるのなら、役所へこい。そこでまた話を聴いてやろう。馬ひけ！」

山本は出て行ってしまった。二人が追いかけて外へ出ると、ばらばらと十五、六人の兵士が飛んできた。銃を持った黒羽藩兵だった。彼らに監視されながら、二人は融通寺の軍務局へ着いた。

「会津藩士町野主水、高津仲三郎、ただいま出頭いたしました。山本総督に、今朝のお願いのつづきをお聴きいただきたく、この段御意を得たい」

不敵な態度の二人が恐れげもなくそういうのを、面憎く思ったのであろうか。下っ端らしい役人がいった。

「その方ら、出切手（通行札）を持っておろう。見せろ」

「急のこととて、所持しておりません。しかし米藩に届け出て、許可は得ております」

「何？　出切手も持っておらんと――」

小馬鹿にしたような薄笑いが役人の顔に浮かんだ。

「しばらくそこで待っておれ」

そう言い捨てて彼は去った。

「うぬ！　無礼千万の下郎！」

歯がみする高津の袖を、町野が抑えた。二人は白洲へまわされた。罪人扱いである。山本が現われた。朝よりなお渋い顔であった。

「出切手は当然所持しておるものと思い、先ほどは話を聴いてやったが、それもないとは言語道断。理由を申せ、理由を！」

むっとする感情を呑みこんで、町野は先ほどと同じ答えを述べた。

「不審なやつらじゃ。吟味せねばならぬ。揚《あが》り屋（未決囚の牢）入り申しつける」

立ち去る山本に、堪忍袋の緒を切った町野の大声が、びりびりと響いた。

「無礼でござろう！　事情は申し述べたとおりでござるっ。会津武士は嘘はつき申さぬっ！」

しかし二人は、そのまま揚り屋に入れられた。ガチャリと錠の音がして、あたりは静かになった。

三

町野、高津の二人が揚り屋からふたたび白洲へ引き出されたのは、二時間ほどたってからだった。今度は山本ではなく、岡山藩の三宮耕庵と名乗る見知らぬ男が現われた。

「調べたる結果、足下《そっか》らが出切手を持たぬ理由は明白となった。よって揚り屋入りは解く」

そう申し渡すと三宮は、急に打ちとけた調子になって町野と高津を別室に招じた。

「これは、わかってくれそうな御仁じゃ」

何となくホッとして、二人はこの三宮にまた同じ嘆願をくりかえした。三宮はうなずいて聴いていたが、彼もまたいまは忙しいので、午後三時に自分の宿舎である一ノ町米沢屋にきてくれという。

約束の時刻に三宮の自室を訪れた二人は、また嘆願をくりかえす。冬の日はとっぷりと暮れた。三宮は夕食をとる。「一緒に」という三宮の申し出を辞退して、二人は持参の竹の皮包みを開いて、冷たい握り飯を食べた。早朝滝沢村を出てからの緊張の一日、二人はこれまで何も口にしていなかったことに、ようやく気づいていた。

三宮は二人が説明した白虎隊の話に、とくに心を動かされたようだった。勉学中の十六、七歳、本来軍籍には編入されていなかったその少年たちが、会津の国難に当たって、これを座視できないとして、みずから熱烈に志願して白虎隊が生まれる。そして出陣した少年たちは、勇戦して死んで行った。

「白虎隊には士中、寄合、足軽の別がありますが、中には年齢を偽って、十四、五歳で入隊した少年もあったようでござる」

「思いつめて国に殉じた少年たちに、何の罪もありません。どうか彼らの心根を、わかってやっていただきとうござる」

二人の話に、三宮は目をしばたたいた。

「なるほど。してその白虎隊戦死者の遺体は、全部で何体になるのかな」

「それはまだ調査を終わっておりませんが、追ってご報告いたします」

「話はわかったが、しかしいまのところ、彼らについても埋葬を許すとはいえぬ。万事、東京の指示がきてからにしてもらいたい」

「そう申されますが、昨日東京へ伺いを出されたとなら、往復だけで十四日が必要でござる。その間、彼らの遺体を鳥獣の餌食にして置くに忍びません。ああ、われらは一日一刻たりとも、彼らをあのままにして置くに忍びないのでござる」

悲痛な声に、今夜何らかの決着を見なければここで死ぬ覚悟の二人なのだ――という気魄を、三宮は感じとっていた。

「それはのう。今回のこと、立場を変えてわが藩のこととなりとせば、われらとて、きっとお手前方と同じ行動をとったと思われるが――」

「それなら特旨を以て、白虎隊士に限って埋葬を伊惣治におまかせくださる、というわけにはまいりませんか」

三宮は考えていたが、つと立ち上がった。

「しばらく待たれよ。これから、山本総督のところへ行って参る」

帰ってきた三宮は二人にいった。

「おふたかたのご心中まことに察するに余りがある。白虎隊士埋葬の件、この三宮の大決断を以て、黙許するということに致す」

「ありが……とう……ござる」

町野、高津は泣いていていた。すでに夜は十時ごろになっていた。天に昇る気持ちで暗い町に出た二人は、また博労町自在院前で姓名や出切手を

問われて、巡羅兵に捕らえられたりもしたが、とにかく深夜、滝沢村へ帰り着くことができた。宿所で家老原田対馬以下の藩士たちはみなで待っていたが、二人の報告を聴いて喜びの声があがった。

間もなく伊惣治も、米沢藩の舘岩に呼び出され、白虎隊士の遺体は夜こっそりと取り片づけることを許す旨伝えられた。三宮が舘岩を呼んで指示した結果だった。

伊惣治と藩士たちは相談して、蠑螺《さざえ》堂南方芝生に墓地を選定した。その実地検分も、表立ってはできない。みな深夜であった。遺体の運搬も、石部桜の小道を迂回して、人目につかぬよう行なうことに決めた。また先に伊惣治が妙国寺に仮埋葬した四人の遺体も、ここに移すことにした。みな三宮に連絡した上での〝黙認〟だった。

しかし新たな問題が出てきた。費用である。伊惣治は先に四人を埋葬した時、十五両ばかりかかったが、今回は三十両は必要だろうという。そんな金はもとよりない。みなが財布の底をはたくことにした。原田は二分、町野は三分二朱、筒井茂助は持ち合わせが多くて六両と二貫文等々で、合わせて三十二両が集まった。

年間200万人の参詣者があるという、飯盛山の白虎隊士の墓

「金策は私がやりますから」

初めはそういって辞退していた伊惣治も、最後にはこの金を受けた。実直で口の堅い人夫がこっそり集められ、白虎隊士の埋葬は終わった。これが現在の飯盛山の墓地だった。一月十日ごろだったという。

会津藩士たちの次の悲願は、当然のことながら、全戦死者の遺体埋葬だったが、いつの間にか二月になっていた。二月一日は陽暦の三月十三日。山国会津も春である。雪が消えるにつれて、山野に放置された死体から立ち昇る臭気は、付近住民の堪え難いものになっていた。遺体取り片づけの請願が、相次いで民政局へ持ち込まれはじめた。東京からの指示もあり、放置してきた民政局も、逆にこの問題処理を急がねばならなくなっていた。

民政局ではこれらの死体を、城の東南小田山下と、西の薬師堂川原に埋葬することにした。ここは旧来の罪人塚である。そしてその作業に当たるのは、民政局で集めた被差別部落の人々であった。処刑された罪人の遺体を葬るのと、それはまったく同じ扱いなのだった。

「国難に殉じたわが藩士たちが、罪人と同じだというのか」

悲憤の声が、また藩士たちの間に高まってきた。嘆願の交渉が持たれる。埋葬の場所を罪人塚でなく、寺院にすること、その作業に一般人を使うこと、この二点を許可してほしいというものである。民政局ではとり合おうとしない。会津藩士側では、また頼みのつなの三宮耕庵を訪ねて「言辞ヲ尽シテ哀願ス」（『辰のまぼろし』）となった。

しかしその交渉がつづいているさなか、民政局側ではこれ見よがしに、戸ノ口原で集めた三十三遺体を小田山の罪人塚へ運んでしまったという。会津側も必死だった。自分たちの嘆願の趣旨の二点について、ぜひ東京へ伺いを出してほしい。そしてせめてその返事が来るまで、罪人塚への埋葬は見合わせてほしい。彼らは三宮にそう頼みこんだのだった。しかし三宮も、これだけは首を縦に振らなかった。

「いや、作業の日延べの件は難しい」

彼のいうところでは、埋葬作業のために集めた被差別部落民は、若松だけでなく、田島、郡山、本宮など広範囲から呼んでいるので、空しく日延べはできないというのであった。だがやはり、三宮だけのことはあった。追いかけて通知があって、埋葬箇所については罪人塚とせず、七日町阿弥陀寺と西名子屋町長命寺とするという。そしてこれは公然のものでなく、現地での黙許であるという。この時点の会津側としては、喜ばなければならない結果だった。

「三ノ宮氏ハ余程常識ニ富ミ、物ノ道理ニ明敏ナル人ナリシト」(『明治戊辰戦役殉難之霊奉祀ノ由来』)

「アア、何タル幸福ナリシゾ。三宮氏ノ同情アル武士ナルヲ知ルト共ニ……」(『辰のまぼろし』)

会津側の三宮に対する感謝の気持ちが、これらの文章の中にあふれている。

埋葬は被差別部落の人々の手によってはじめられた。しかし彼らの作業ぶりを聞いて、藩士たちはまた悲しんだ。運ばれてくる遺体は、ムシロにつつまれていたり、古櫃《ふるびつ》、古箱、風呂桶に入れられていたり、中には戸棚に四、五体押し込まれていたりする。しかも作業にあたる彼らは、大きな穴を掘り、その中に「死屍ヲ投入スルコト、恰《アタカ》モ瓦石ヲ取扱フカ如シ」(『辰のまぼろし』)だという。戦友の遺体が、どさりとほうり込まれる鈍い音を想像しただけでも、藩士たちは自分の身を切られるような思いに、さいなまれるのだった。

このころ若松地方に、被差別部落民がどれほどいたかはわからない。しかし明治四年に若松県(郭内=若松、会津、耶麻、大沼、河沼、安積、越後東浦原各郡)ができた時、総人口二十万二千余人のうち、被差別部落民は七百六十三人と記録されている。彼らはすべて、人のいやがる特定の業務に従事させられてきたが、鳥獣や罪人の死体処理なども彼らの仕事の一つとなっていたのだった。

彼らにしてみれば、自分たちと関係ないところで勝手に戦争が始められ、そのあげくに、戦後、大量の遺体処理の命令が降りかかってきたのである。しかもだれも寄りつけなくなるまで放置された腐乱死体を、前記のわずかな総数のうちの可動人数で連日集めさせ、今度は火がついたように埋葬を急がせる。そんな人々の御都合主義だけが、彼らの目に映ったのだった。藩士たちと違って、君国に殉じた同志の遺体、という情熱も彼らには関係がない。ただ早く解放されたいということになるのもまた、無理がなかった。

藩士たちは、士農工商のさらに下の身分とされた被差別部落の人々とは、日ごろ何の接触もなかった。言葉を交わすことさえ厳禁され、彼らとはまったく無縁に生活してきたのだった。だから藩士たちにとっては、被差別部落民が作業をするというそのこと自体よりは、彼らに作業をさせる民政局の姿勢、つまり民政局が自分たちを罪人扱いにしているという悲憤の方に、頭が向いていたのであったろう。

しかし、いま現実に遺体が「瓦石ヲ取扱フ」ように行なわれていると聞いては、なんとかしなければ――という気持ちが藩士たちの胸に強く湧いてくるのだった。

そしてこれまで被差別部落の人々と、接触のルーツをまったく持たなかった彼らが、この場面になると一致してすぐ頭に浮かぶ人物が一人あった。それが本篇の主人公、伴百悦であった。

四

伴百悦は五百石の伴家、九代の佐太郎宗忠の嫡男で、邸は郭内本四ノ丁東端、三日町口郭門の西（現在の県立会津工業高校講堂付近）にあったという。この明治二年には四十三歳だったが、伴家は例外的に、被差別部落民との接触が認められていた。

「伴さん、ほかにできる人はいないのじゃ。彼らに遺体の取り扱いをもっと丁重に

やらせるという、それを交渉できるのは、彼らと不断顔なじみのあんたしかない。どうか、それを引き受けてくれ」

「よし、わかった！」

伴もまたいかにも会津っぽらしい熱血漢だった。藩士たちの頼みをすぐ快諾した。さっそく被差別部落民の頭、吉松など数名を伴は呼んだ。彼は涙を浮かべて彼らに語った。

「……そういう次第で、遺体の取り扱いを、もっと丁重にしてほしいのだ。われらの気持ちをわかってくれ。どうすればよいか。その方たちの考えを聴かせてくれ。頼む！」

「はい。伴様のお心はようわかります。しかし、われらの仲間は、いまあちこちからきた、たくさんの人数でございます。それでもこれだけの数の埋葬は、手に余るものでございます。しかもろくな手当てもいただいておりません。みなが早く帰りたいのでございます。それをただ丁重にというだけでは、私どもも困ります。何とか面倒みてやらねば――」

「わかったぞ、吉松。それで、どれほどの金を準備したらよいか、ひとつ肚《はら》を割って申してみてくれ」

「はい。少なくとも千両は——」

「えっ、千両？　うーむ」

伴は唸った。残留藩士たちに、そんな大金が工面できるわけはない。結局、みなで相談して、大町の豪商で町役所借金方をもつとめた星定右衛門に交渉してみることになった。藩士の筒井半蔵が手づるがあるというので、さっそくその晩、使者に立った。人目をはばかってか、翌朝まだ暗いうちに、星から千両が届けられてきた。

「戦には敗れたが、会津の義胆は、まだ亡びてはいなかった——」

伴も町野も高津も、藩士のだれもが目をうるませた。しかし百日か半年のうちに返す、と約束した金でもあった。その血のにじむような千両を、そのまま右から左へ、吉松らにただ渡してしまうわけにはゆかない。実際に働いている人間に、最も効果的に渡るように、責任をもって分配しなければならないが、残留藩士たちは、その埋葬作業の現場へ行くことさえ認められてはいないのだった。

そうなれば、方法はただ一つ。藩士のだれかが被差別部落に入籍して、彼らの一員となり、一緒に作業しながら金を分け与えてゆく以外にない。だがそれは、当時の階級制社会のタブーに挑戦する、思いもよらぬ所業であるばかりでなく、占領軍に知れれば、その方針に楯つく者として、間違いなく斬首となることでもあった。だれかが口にしてはみたものの、まさかこれはできもしないが――という前提での話だった。重い沈黙が流れた。

「よろしい。わしが彼らに入籍しよう」

伴がきっぱりといった。三百石以上の藩士は、会津藩でも「御納戸紐《おなんどひも》」といって、羽織の紐の色が違う上士である。それを五百石の家柄の伴がみずからそういったのだから、藩士たちはハッとした。

「君侯の馬前で命を捨てるのも、彼らに入籍して斬られるのも、精神において変わりはないはずじゃ。殉難者のお骨は、伴に拾わせていただきたい」

水を打ったように一座は静かになった。戦友の遺体埋葬という目的のためには、自分の命は捨ててもいい。もちろん伴の胸中には、そういう思いが燃えていた。しかし同時に、彼には被差別部落民に対して、他の藩士とは少し違う考え方もあったのであろう。たまたまめぐり合わせで、自分たち藩士とは、遠くかけ離れた存在にはなっているが、彼らとつき合ってみれば、みな同じ人間ではないか。そういう思いは、伴が純粋な人間であるだけに、彼の胸に強く息づいていたとしても不思議はなかった。

伴と、ほかにもう一人志願した武田源蔵は、藩士たちに別れを告げ、変装して作業員の群れの中へ入っていった。しかし彼らの身もとは、いずれは民政局にもわかってしまうだろう。二人を

待つのは死である。そう思うといても立ってもおれない町野は、また三宮を訪ねたのである。彼にすべてを打ち明けて、寛大な処置を願った方がいい。残留藩士たちの相談の結果も、そうなったのだった。

「そうか。そこまでのう――」

町野の話を聴いた三宮に、感動の色があった。

「して、その伴氏はいかなる人相――というては何じゃが、顔つきをしておられるか。わしも見まわりをする折もある。参考のために聞いておきたい」

「伴はすが目（片目がつぶれている）でござる。すぐおわかりになると思います」

「なるほど」

といっただけで、例によって三宮は、この件を「許可した」とはいわない。以心伝心、三宮の了解を得たものとして、町野は滝沢村へ帰った。しかし三宮の計らいによるものだったろう。その後すぐ伴を戦死者遺体の「改葬方」に任命する旨、民政局から通知がきた。つまりこっそりとではなく、伴のやっていることは公認のものとなったのである。

伴がすが目であったのは、どういう理由で、いつからそうなったのかわからない。ただそれは人々に、伴の顔を凄絶に印象づけることになったのは、確かなようである。

「水原に駐屯した会津兵の隊長に、塙百一《ママ》という男があった。メッコ塙様といわれたように片目で、しかも小軀ながら、大いに睨《にら》みをきかせたものであった」（『水原郷土史』）

塙はバンの音の当字であり、イとエ、チとツが混同される越後弁では、伴百悦が塙百一となったのであろう。伴は戊辰戦争が始まったころは、越後水原府鎮将萱野右兵衛の下にあって、撤兵《さっぺい》組頭をつとめていたのだが、メッコ塙様の気迫にあふれた姿は、のちのちまで住民の語り草になるほど、印象深いものだったのであろう。

とにかく改葬方となったすが目の伴は、これ以後、公然と領内各地に出張して、遺体を集めては手厚く葬ることになった。それは生き残った会津武士が、死者の幻を山野に求めて呼びかける、巡礼の旅だった。改葬方——伴百悦・樋口清・佐野貞次郎、附属――佐藤吾八・奥村封次・石川須麻・樋口勇次、伴《とも》――飯岡藤助の各名で、明治二年七月に出した改葬方の報告書『戦死之墓所麁絵図《あらえず》』（麁は粗）というのが、会津若松市の市立会津図書館に残されている。

これによれば、改葬方が出張埋葬したのは、前出の阿弥陀寺、長命寺のほか、一ノ堰村光明寺、滝沢峠、金堀明神下、強清水《こわしみず》村、戸ノ口原、野際《のぎわ》村、馬入《ばにゅう》村、関山村、大内村、塩川、猪苗代西円寺、滝沢妙国寺、赤留《あかる》村北羽黒原、坂下《ばんげ》の十六ヵ所。内訳がはっきりしている分で、千六百三十四体となる。このうち最大のものは阿弥陀寺で、二月二十四日から城中や郭内、郭外の遺体を集め、千二百八十一体が改葬されている。

三宮は、残留会津藩士がこの埋葬作業を実地検分することも黙認してくれたので、町野と家老の原田は、夜ひそかにこの阿弥陀寺を訪ねている。警備の兵のかがり火の、火の粉がパチパチとはぜる中へ、遺体がムシロにつつまれたり、戸棚に入れられたりして運ばれてくると、二人は闇の中から鼻をつまらせながら手を合わせた。

のちの大正十二年、この町野が八十五歳で亡くなった時、息子の武馬は、父の遺体を荒ムシロでつつみ、北小路の自宅から墓所の融通寺まで、公衆の面前を引きずって行った。それは父町野主水の遺言によるものだった。その変わった野辺送りの中に、頑固一徹の町野の、あの時の凄まじい悲憤が生きているのであった。

しかし、なにしろ運んでも運んでも尽きない腐乱死体の山だった。やむを得ず伴たち改葬方は、阿弥陀寺境内に東西四間（七・二メートル）、南北十二間余（二十二メートル）、深さ数間という穴を掘った。

そこへムシロを敷いて遺体を北枕に並べ、ムシロで覆い、その上にまた遺体を並べる、という方法をとった。そして穴がいっぱいになって地表から四、五センチも盛り上がったところで、仮埋めしてあったところの土なども集めて、高さ四尺（一・二メートル）ほどの長方形の壇を築いた。そして入りきらなかった分、百四十五体も長命寺へ運んで、同じようにして小型の壇を築いたのだった。

　でき上がった阿弥陀寺の、この土の壇の上には、木の香も新しく

会津若松の阿弥陀寺境内に伴百悦ら改葬方が築いた壇の下には、会津藩戦死者1,281体が眠っている

藩士大庭恭平の筆になる「殉難之霊」の墓標が建てられ、付近の住民の手によって小さな拝殿らしきものも建てられた。どちらも丸一日で建てられたものというから、ほんのささやかな物だったろうが、埋葬作業自体は二ヵ月以上もかかったのだった。屍臭のしみついた伴も武田も、満足して滝沢村へ帰っていった。

　ところが翌日「敵ノ屯営本部ヨリ」（『辰のまぼろし』）応接係の樋口、宮原に呼び出しが来た。

「墓標にある〈殉難之霊〉とは何事か！　拝殿もけしからぬこと。許すこと相成らぬ。両方共、即刻取り捨てよ！」

　そういうのである。いかに嘆願しても許してくれない。藩士たちは歯ぎしりした。『辰のまぼろし』は、次のように書く。

「噫〻《アア》前年マデ、威ヲ海内《カイダイ》ニ振ヒシ会藩モ、失墜カクノ如シ。忠勇ナル殉難者、夫《ソ》レ果シテ瞑スルヤ否ヤ。追壊スレバ今尚《イマナオ》暗涙ニ咽《ムセ》ブヲ覚ヘズ（ママ）」

五

伴百悦ら改葬方にも、融通寺の民政局から呼び出しがきた。当然おとがめであろうが、もともとこれまでの遺体埋葬に対する勝者の冷酷かつ理不尽な仕打ちは、それを考えただけで伴の体内をカッと熱くさせるものだった。それを今回さらに、墓標、拝殿まで撤去させる彼らの徹底した底意地の悪さに、伴の憤慨はまた新たなものになっていた。

伴たちと向かい合った民政局の役人の中で、ひと際伴の目をひいた男がある。脂ぎった下品な顔つきだけでなく、人を見下したようなその態度が、おれが勝者なのだぞと、無言で会津藩士たちに語りかけていた。

「は、は、は、改葬方じゃと。道理で何か妙な臭いがすると思ったわ」

粗野といっていい口のききようだった。監察方頭取兼断獄の、久保村文四郎だという。

「うぬ！　こやつが久保村か」

伴がそう思ったのは、彼が藩士たちから「一番腹にすえかねるやつ」として、すでにその名をさんざん聞かされていたせいだった。「差し違えて死のうと思った」などと多くの藩士たちにいわれている、その久保村がこの男か——と伴はじろりと彼を見上げたのだった。

久保村の方も、伴をひと目見た瞬間、ぐっと反発するものを感じていた。すが目の小男が、光るその一つの目で自分をにらみつけている。その視線に、ぞっとするような反抗と憎悪がある、と彼は思った。『若松市史』では、久保村を「性剛愎にして面貌醜悪」と記している。一旦「こやつが」と思えば、本来いわないでいいことまで、憎々しくその口をゆがめていってしまうのが、久保村の性格でもあった。

その場はいつか、伴と久保村の論戦のような形になっていった。

「殉難之霊という文言や、拝殿を作ることが、何で悪いのでございますか。わが藩戦死者は、罪人とは違います」

「ほほう」

久保村の頬に皮肉な薄笑いが浮かんだが、みるみるうちに、それが凄まじい怒りの形相に変わって行った。

「殉難じゃと。ふん、朝敵となって死んだ者が、そういう言葉を使える身分か。拝殿じゃと。誰が朝敵を拝むのじゃ。罪人とは違うじゃと。朝敵は罪人以下じゃ。その方らは勤王の何たるかも、まだわきまえぬのか!」

「勤王の素志は、初めからわれらとて同じこと。それについて、いま申し述べはいたしませんが、戦死者とて、ひとえに皇国のためと信じて行動した者たちでございました。ましてその結果死んでしまえば、朝敵も何もありますまい。武士の情けとして、いやその前に人間として、その霊を弔ってやるのは当然とは思われませぬか」

「それはその方らの側から申すことではないわ。こちらで考えてやったればこそ、朝敵の埋葬をも認めてやったのじゃ。天恩に狎《な》れて、つけ上がるな！」

久保村の顔は、赤鬼のようになっていた。伴は奥歯をぎゅっと噛みしめて堪えた。握った拳が、膝の上で震えていた。

「おのれ、許さぬ！」

心の中で、彼は絶叫しつづけていた。

帰った伴たちの話を聴いて、会津藩士たちの間には、また怒りの声が渦巻いた。

「人間の心も持たぬ、禽獣のようなやつらの下風に立つ。これも負けたがゆえか――」

「とくにあの久保村というやつ、何ぞといえば天朝をかさに着て、わが殿の悪口雑言。大義名分も時勢も知らぬ田舎大名などと。腸《はらわた》が煮えくりかえって、煮えくりか

えって――」

「だいたいわが藩が、このような目に遭うたは、だれのせいじゃ。将軍家の保身のために見捨てられて、いけにえにされたのが第一じゃが、久保村の越前藩松平侯とて、その張本人の一人ではないか」

「そうじゃ、わが藩侯に強制して、京都守護職などという火中の栗を拾わせておいて、そのご当人は涼しい顔で、いまは新政府のお偉方じゃ。みなが、わが藩を裏切った。ああ、彼らを信じた会津藩は、馬鹿だったのだ――」

激してきて涙を流す者もいる。しかしいま伴の表情には気味悪いほどの静りさがあった。彼が何を考えているのか、この時はまだだれも知る者はなかった。

久保村の悪名は、このころ若松城下でだれ知らぬ者もないほどになっていた。とくに彼のニセ金造りの取締りの過酷さが、藩士だけでなく一般町民の間にも、その憤激と憎悪の声を広げていた。前にもふれたが、質の悪いニセ金やニセ札の横行は、戦後の会津地方の混乱の中で、その特徴的なものの一つであった。

戊辰戦争後のニセ金、ニセ札の横行は全国的なものであり、新政府の地方行政だけでなく、外国貿易にまで大きな影響を及ぼす問題ではあったが、その中でもとくに「贋悪貨幣《がんあく》の巣窟」といわれたのが、会津地方だったのである。
開城一カ月後の若松城下では、他国から入り込んだ博徒によって、焼跡も生々しい路上で公然と博打が行なわれ、しかもその時すでに、ニセ金を賭けて本物の金を巻き上げるという形で行なわれていたという。

「太政御一新前ノ金ヲ徳川吹《ふき》、御一新後ノ金ヲ太政官吹、土地ニテ偽造シタル金ヲ御城吹ト唱フ。只其名異ルノミニシテ、真贋差別ナク融通ス。シカレバ奸民争テカ、手ヲ出サザルベキ」

明治二年六月に生まれた若松県は、太政官に宛てた上申書にそう記した。この「贋悪貨幣」がはびこることによって、会津地方の物価は騰貴し、流通経済は極度に混乱し、新政府の会津支配は重大なピンチに追い込まれた。明治三年、若松県がニセ金を取り上げて大蔵省に納めた金額は、十万九千二百両余になったという。

会津地方のこのニセ金は、旧藩時代の慶応年間、軍用金として一両銀判、二分銀判、一分金判（判金はふつう大判、小判の称）が鋳造されたこと、さらに鳥羽、伏見戦後、藩主松平容保が帰国に当たって、江戸金座の職人を会津へつれ帰り、若松城西出丸の製造所で二分金を贋造させたこと、などの伝統？を持つものでもあった。戦後のニセ金は、藩士、農民、商人と鉄砲鍛冶職人らが結托して、山中などでひそかに造った物が多いといわれる。

従って戦後、勝者の会津領支配は、民生安定とともに、ニセ金対策が大きな柱とならねばならなかった。明治二年六月十日、巡察使として会津入りした四条隆平は、そのまま若松県知事となるが、彼はニセ金対策に厳罰主義を以てのぞむため、太政官に対して「臨機不得止《ヤムヲエザル》ノ処置」として、「刑律委任」を上申した。専決処分の恐怖を与えないと、「狡譎《コウケツ》ノ風習増長」の会津人を服従させることは難しい、というのであった。若松県が会津藩士を一刻も早く、新しい斗南《となみ》藩へ移してほしいと太政官へ訴えたのも、ニセ金造りの根源を会津藩士と見なし、これを早く追い払おうとしたものだったといわれる。

明治三年若松県下で、流刑以上の刑に処せられた者は百二十三名あるが、内ニセ金、ニセ札関係は百名と、そのほとんどを占めた。しかもその百名は、さらし首五、斬罪四十九。その斬罪も、見せしめのため、家族の前で公然と行なったというから、その峻烈ぶりがよくわかる。

しかしそれも、東京の新政府から派遣された文官が上層部にあった、若松県でのことであった。となれば、占領直後、諸藩の武士たちによる軍務局や民政局時代のニセ金取締りが、どのようなものであったか、想像に難くない。当時の局の役人の多くは、まだ戦場の臭いをぷんぷんさせ、敵愾心の余燼を心の中にくすぶらせて、若松へ乗り込んできた人物であり、しかも諸法規が整わぬうちの「諸事御委任全権」で、オールマイティの存在でもあった。彼らの行なった取締りが、占領地の人々にとって峻烈よりは酷薄と映り、その感情が恐怖から憎悪へ移っていったのは、止むを得ないことだった。

そしてその憎悪の頂点に立ったのが、監察方頭取兼断獄の久保村文四郎だった。

前述のように警察官、検察官、裁判官を兼ねたような久保村は、ニセ金関連の容疑で町民を捕らえると、ろくろくとり調べもせずに、死刑にしてしまうといわれていた。

「無実の人をよくも、よくも」

「あいつは鬼じゃ！」

久保村は、城下でだれ知らぬ者もない憎まれ者になっていたのである。


いつか会津盆地にも初夏が訪れて、キリの花が紫に咲き連なり、やがて戦火で荒れたお城の上の空に、白い雲がいつもの年のようにまぶしく輝いた。若松県が生まれたのが六月十五日（陽暦の七月二十三日）。このころは東京から赴任してくる県の役人も、ほとんど顔がそろった。占領の落とし子の民政局も、もうその役目を終えて機構は消滅した。局の諸役人は、それぞれ帰国の準備に気もそぞろのようだった。

伴百悦たち改葬方は、汗をふきながら、これまでの自分たちの作業の報告書作りを急いでいた。どこにどれだけの遺体を埋葬し、どんな壇を築いたか、その絵図もつけた。何回か行なわれた大施餓鬼の供養も記録した。報告書ができ上がれば、伴

たちの仕事も終了だった。七月に入ってそれも終わった。腐乱したおびただしい遺体の山。その幻はなお伴の瞼《まぶた》にある。その無念の声は、いまも伴の耳に聞こえている。

「これらの戦死者を、罪人以下として辱しめたのはあいつだ。わが主君を罵ったのもあいつだ。罪のないわが領民を殺したのもあいつだ。いつも官軍風を吹かせた久保村。会津武士には意地があること、天誅というものがあるのだということ、それを思い知らせてやらねばならないのが、あの久保村だ――」

片目ではあったが、伴は〝釈迦〟とあだ名された剣客だった。江戸勤番の時、道場で打たれて仮死状態になり、そこから悟りを開いて達人になった、というところからきた異名である。その剣客伴の胸に湧く暗い殺意が、七月に入るころははっきりと、久保村に焦点を結んでいた。

第二章　待ち伏せ

一

明治二年七月十二日朝、久保村文四郎は少数の見送りを受けて若松の城下を離れた。陽暦では八月十九日、暑さはもう峠を越しているはずなのだが、ここ数日はまた猛暑といっていい、会津盆地の暑さだった。しかしさすがに朝のこの時刻は、空気がひんやりと湿っていて気持ちがいい。

町を出外れて、越後街道を北西に進むと、まわりを空けた山駕籠に緑の風が吹き入ってくる。前民政局の監察方頭取兼断獄という体面もあって、見送り人たちの前ではきちんと着ていた白い縮《ちぢ》みの袖を、肩まで思いきりまくって、彼は駕籠に背をもたれかけさせていった。

この地方に若松県が置かれたのが、前述のように六月十五日、県庁仮役所は大町融通寺に置かれ、同日付で久保村の勤務していた民政局も廃止となったのである。しかし引き継ぎの関係ででもあろうか、彼はこの七月に入ってから職を免ぜられ、きょう十二日に越前福井に帰藩の途についたのだった。故郷へ錦を飾る旅である。ふりかえって彼は小さくなってゆく若松城を見た。送別の宴の酒が、まだどこかに残っている頭で、我は何とはなしに、そこから離れたくない気持ちが、自分にあるのを不思議に思った。

この時点での彼の年齢ははっきりしないけれども、私にはどうも三十代後半だったように思われる。彼が「御徒《おかち》」に召し出されて、藩から「御充行《おあてがい》」五人扶持を下し置かれたのは、嘉永五年四月三日。この明治二年でそれから十七年経っているのである。彼の父次左衛門も御徒で、その長男に生まれた彼は、初め久保村中吉と名乗っていた。安政三年三月五日、父は老年で隠居、彼が跡を継いで、翌四年に久保村文四郎と改名する。

父の跡を継いだ彼は、そのまま御徒として、切米《きりまい》十五石三人扶持を賜った。慶応元年五月には御徒目付となるが、この間、殿様の御供で、江戸や京都での勤めもしばしば経験した。戊辰戦争の発火点となった慶応四年の鳥羽、伏見戦のころは、老侯松平春嶽の御供で京にいたが、閏四月に帰藩している。しかし藩にお預けになった切支丹宗徒百五十人を受け取りのため、大坂へ出張したりしていて、戦争とはまったく無関係のところにずっといたのであった。

ようやく彼が狙撃隊御徒目付として、「越後筋へ出張」となったのは、九月六日。しかしこの時点の越後では、戦争はほぼ終わっていて、すでに降伏交渉が行なわれている米沢との国境では戦闘がなく、庄内との国境で東西両軍の小戦闘がつづいているくらいのものだ。籠城戦に入っていた会津若松城も、この九月二十二日には開城となるのだから、久保村はまず実戦は経験することなく会津へ入ってきたことになる。

十月一日、越前藩と新発田藩は、会津で北陸道参謀から「大小荷駄方可被相勤《あいつとめらるべき》事《こと》」を命ぜられる。つまりこれまで実戦で消耗してきた部隊に代わって、後方補給の業務を担当せよということだろうが、前述のように民政局が新設されて、その機構が次第に充実されてゆくに伴って、越前藩はその役人も出すことになる。そして十一月十六日、久保村は、同局の監察、断獄方になるよう参謀から命ぜられ、翌明治二年二月七日、その頭取になったのである。彼の勤務はそれなりに評価されたのであろう。

しかし血気盛んな久保村も、落城直後の若松城下では、一種の気おくれのようなものを感じたに違いなかった。薩長土をはじめ、これまで弾雨の下をぐってきた諸藩の武士たちの貫禄。ひげが伸び、軍服が破れ、血なまぐさい彼らの発する凄い威圧感。それに比べて、実戦も経験せず、遅れてやってきた自分たちの肩身の狭さ。新参者に対する優越感の視線。久保村は民政局の役人を命ぜられた時、その劣等感を吹き飛ばすため、「よし！」とばかりに張り切ったのだったろう。

さらにまたそうした彼の気負いは、故郷ではまるで考えられない権力を、彼がここ若松で与えられた、ということにもよっていたであろう。越前では十五石三人扶持、御徒目付に過ぎない彼も、ここでは占領地区住民に生殺与奪の権力を持つ、天朝のお役人なのであった。敗戦の会津の人たちは、だれも越前の軽輩の久保村など知りはしない。ただ畏怖して仰ぐだけである。仕事は抵抗なく、白紙に物を書くように思う存分にやれる。それは彼が初めて知った喜びであった。

——戦勝国の代表は、その故国に戻ればいろいろな意味で、大した存在ではなかった。それを実力以上に仰ぎ見た。時がたってからわかるそうした苦い思いは、敗戦国民にはいつも共通体験になるものかもしれない。

そして明治維新を成しとげた力は、下級藩士の現状変革を願うエネルギーに、負うところが大きかったといわれるが、そういう彼らの気負いは、よくいえば一種の理想主義として現われる反面、一方ではこういう力みとなって、無用なきしみをも各所で発生させていたのであろう。久保村に限らず、そういう多くの例を、私たちは戊辰戦争の中に見出すのである。

——駕籠かきの掛け声も威勢よく、久保村の駕籠は走っていた。若松から三里余の坂下で、早昼もとった。今夜の泊りは野沢だが、その道のりのまだ半分まではきていない。あすから道は阿賀野川河谷を下って越後へ出る。やがて海岸沿いに越中、加賀を経て、ようやく越前である。道はまだ遠い。

久保村は白山の山なみや、九頭竜の流れ、その故郷の風景を思い浮かべていた。たまらない懐かしさがあったが、一方ではそこへ戻るのに、彼は一種の寂しさ、重苦しさを感じてもいた。そこでは依然として、彼を軽輩としてしか見ない、藩の枠組が厳として存在しているはずである。それに比べれば、会津では自分の信ずるまま何でもやってこれた。その経験は、故郷では絶対に味わえない、輝くような充実感を彼に与えるものだった。若松を出発する時、立ち去り難い思いにとらわれたのは、そのためだったのだ。彼はそう合点した。

「そうだ。わしは全力を尽くしてきた！」

久保村はそうつぶやいてみる。

彼のまぶたの裏には、会津で接したいろいろな人間の顔が明滅していた。それらの顔の中に、多く自分に対する憎悪や怨恨の色があるのも知っている。しかしそれが何であろうか。たとえば戦死者の埋葬をうるさく嘆願にきたあの会津藩士たち。

彼らに天朝の新しい世の中を作るという理想がわかっているのか。自分がその大きな歩みに逆行してきたという反省が、彼らにあるのか。彼らの考え方を先へ延長していったら、すこぶる危険なところへ行き着くのではないか。

そう信ずればこそ、自分は妥協せずにやってきた。会津人に甘い顔など見せたら、彼らをつけ上がらせるだけのことだ。正しいことをこの地方に行なうためには、自分が憎まれ者になっていいのだ。たとえばニセ金造りの取締りだって、多少の行き過ぎなど恐れていたら、決してそれを根絶させることはできはしないのだ。

自問自答しているうちに、久保村の心はわれにもなく、自分で自分の悲壮に酔ってゆくようだった。自分が体を張ってやってきたことは、すべて正しかったのだ。いまや彼の心の中には、自分に都合の悪いことは認めない、のではなくて、それがきれいに消え失せているのであった。

――駕籠は気多宮《けたのみや》あたりから山道にかかる。太陽は真上からカッと照りつけ、息づかいの荒い駕籠かきの背中が汗でぬめぬめと光っている。ミンミンゼミの声が降るような鐘撞堂峠を越えて行くと、只見川の青い流れが、帯のようにうねっている

のが見渡せる。吹き上げてくる川風の中、久保村の山駕籠は、パノラマのように壮大な風景の中へ下ってゆくのであった。

久保村は考えつづける。会津では、ニセ金造りとその行使は絶対に許せぬものだった。それは単に貧しいためとか、儲《もう》けるためとかの経済行為を超えて、新政府に対する敗者の敵意の現われであり、復讐の手段でさえある、と自分は感じた。戦争のつづきといってても過言ではない。戦場で働く機会がなかった自分は、身を挺して会津のこの陰湿なやり方と戦ったのだ。そしてそういう場面では、本当に任務以外に目もくれず、迷わずにやったのは、事なかれ主義の上級藩士ではなく、自分たち下級藩士ではなかったか。「やりすぎるぞ」と注意してくれる者もあったが、一罰百戒はここでこそ必要だったのだ。

そんなことを思っているあいだに、駕籠は只見川右岸の舟渡の村落に着いていた。ここから渡し舟で対岸へ渡れば、そこは片門《かたかど》の村落。河谷を横切った越後街道は、やがてまた山路へかかる。川波を見渡しながら、久保村も駕籠かきたちも汗をぬぐっていた。みな何か「やれやれ」という思いがしていた。

——しかし久保村は知らなかった。対岸の夏草の茂みに隠れて、一人の若い武士が、もう二時間以上も前から対岸を監視しつづけていたことを。

この武士は炎天もまったく気にせず、渡舟が出る度に、身を乗り出すようにして鋭い視線を注いでいたが、いま四方を空けた山駕籠が対岸に着き、下り立った白い縮みの久保村が川べりで汗をふいているのを見ると、カッと目を見開いて確認するや否や、スルスルと茂みから後退した。そして一目散に片門の村落を走り抜けると、凄まじい勢いでその西の台地の方へ走り去って行ったのである。

二

会津若松を出た越後街道が、只見川を渡ると片門の村落。そこを過ぎて西へだらだら坂を上ると、畠や草原の台地である。その台地を過ぎて西端の小川を渡ると、右が天屋《てんや》、左が本名。その村落を抜けると、街道は次第に山地へつづき、四六〇メートルの束松峠《たばねまつとうげ》から、軽沢、別茶屋を経て野沢へ達する。
越後方面から逆にその束松峠を越えて街道を会津の方へ下って来る旅人は、このへん一帯、とくに天屋付近で、ところどころに奇妙な松がそびえるのを印象深く見て過ぎる。太い幹が地上から数メートル伸びたところで、いっせいに枝が分かれて空に広がる松。数本の松を根本で束ねたように見えるところから、束松《たばねまつ》と呼ばれ、それがこのへんの地名、福島県河沼郡会津坂下町大字束松ともなっている、その特徴のある松。

陸奥《みちのく》の満田《みつた》の山の束松
千代の齢《よはひ》を家苞《いへづと》にせん

鎌倉幕府のころ、執権北条時頼がここでそう詠んだと伝えられる、古いいわれを持つ束松は、いまは福島県指定天然記念物となっていて、県教育委員会の白い掲示板も出ている。

会津坂下町大字束松字天屋に、束松と呼ばれる特殊な樹形のアカマツが生育することが昔から知られ、束松という地名もこれに由来している。

現在は天屋の西、旧越後街道に沿う標高三〇〇メートル前後の丘陵地帯に十数本あり、とくに目立つものは四本である。これらの松は樹幹の下部から中部にかけて、五〇度から八〇度の角度で急斜上する多数の枝を出し、傘上の樹冠を形成している。枝の急斜上するさまが、あたかも束ねたような姿を示すので、束松の名がついたのであろう。

＊　＊　＊

現存する最大のものは、目通り幹まわり三・四八メートル、樹高約二八メートルで、地上三メートルから八メートルのところで、五本の大枝を急斜上させている。ほかに目通り幹回りが二メートルを越えるものが三本あり、このうち一本は地上一・五メートルのところで、三本の大枝に分岐するので、三本松の名もある。

このような樹形はおそらく遺伝的なもので、成長するにしたがって、独特の樹

形を示すようになったものと思われる。

＊　＊　＊

掲示板の説明では、この東松は現在十数本だというが、不完全ではあっても、その面影を偲《しの》ばせる松は、ほかにも多く見られるようだし、この明治二年の時点では、もっとあちこちに見られたものであろう。会津から越後へ向かう旅人が、只見川の渡船で片門に上陸し天屋に向かう途中の台地、その西のはずれに近いあたり、街道すじからちょっと左へ入った小高い草原にも、そうした奇怪な松が一本、枝を広げていた。

先述のように七月十二日、時刻はもう午後一時をかなりまわるであろう。時折り街道を菅笠の旅人が通って行く。時刻からいって、多くは会津から越後へ向かう人影である。カッと照りつける陽射しの中で、松の根元には濃い影が広がっていた。そこに三人の武士が腰を下ろしている。彼らの昼食の跡であろう、水筒がわりのふくべがあり、握り飯をつつんできたらしい竹の皮が、横に片づけられている。ハエがうるさいと見えて、時々手で顔の前を払っている武士が、よく見ると隻眼である。伴百悦であった。

「暗いうちに滝沢を出たから、空き腹に握り飯はうまかったが、さて腹がくちくなると、人間何やらのんびりしてしまう。久保村のやつ、早うきてくれんかのう」

「まったくじゃ。久保村を殺《や》ったあと、滝沢まで帰る時間を考えても、もうきてくれた方がいい。第一、こう暑くっちゃ、待つ身もたまったもんじゃない。もっとも、川岸で見張っている武田は、なお暑いだろうが――」

伴にそう応じて笑った武士は、小柄な伴に比べれば、筋骨逞しい大男。町野主水とともに会津藩戦死者の遺体埋葬に奔走していた、あの高津仲三郎であった。伴と高津が、いかにも会津武士らしい精悍な風貌であるのに対して、もう一人の武士は、若くてむしろ華奢で、柔和な人柄に見えた。彼も白い歯を見せて笑った。

「昔から急《せ》いては事を仕損ずるという。久保村がここを通るのは間違いないのだから、ゆっくり待ちましょう。はよう故郷に錦を飾りたい久保村じゃ。やつの方で急いで、飛び込んできます。おっつけ武田の報告も来るでしょう。」

同じく会津藩士の井深元治であった。

「きた、きた。噂をすれば影じゃ。武田がやってきたぞ」

片目の伴がいち早く見つけて、低くささやいた。走ってくるのは、先ほど只見川の岸の草むらで、久保村文四郎が渡し舟に乗ろうとするのを見届けた、見張りの若い武士である。高津仲三郎の配下の武田源蔵。水をかぶったような汗をぬぐいもせず、高津ら三人のところに走りよると、彼は息を切らしながら報告した。

「久保村が――渡し舟に乗り――ました。おっつけ――ここへ現われます。白いヒトエを着て――おります。駕籠かきには、手替わりをつけていますが――供や連れの武士はいません」

「そうか。ご苦労。おまえは木蔭で休め。久保村が一人とわかった以上、もうおまえはゆっくり見物しておればよい」

「いや、それでも――」

「いいのじゃ。もしも久保村が逃げでもしたら、その時は逃がさぬようにだけ――いや、それもいるまい。こっちは三人もいるのだ」

高津がそういうと、伴がにやりと片目に凄い笑いを浮かべた。

「そうじゃ。三人もいるのだ。だから久保村を殺るのは、わし一人でたくさんじゃ。あとは逃がさぬように注意してくれればよい。武田は予備隊というところでよかろう」

「よし、わかった」

話はまとまった。三人は手早く鉢巻、タスキの身支度を整えると、街道の方へ出て行った。夏草がずっぽりと彼らを呑み込んだ。白い夏雲が輝いている。一切が死に絶えたような静寂。時々街道を旅人は通って行くが、駕籠はなかなかこない。

ここでいま、久保村暗殺のため待ち伏せしているこの三人のうち、伴についてだけは、これまで断片的ながら述べてきた。しかし久保村がこないうちに、他の二人についても、急いでもう少し眺めておきたい。

前にも出てきたが、大男の高津は、宝蔵院流高田派の槍の名手として、隠れもない存在である。とくに彼は越後口赤谷の戦いなどで、めざましい戦歴を謳われた。馬にまたがり、長槍をさげ、熊革の陣羽織を着て戦う彼の姿は〝今《いま》本多〟と称せられたという。戊辰戦争の火力戦の舞台の中に置いてみると、いささか大時代の感は免れないが、それだけに彼の勇猛果敢さは異彩を放つものでもあったのだろう。目立たぬようにという配慮もあったのだろうか。いま彼はその得意の槍は持っていない。しかし戊辰戦争前年の慶応三年暮れ、彼は大坂で、薩摩の名だたる剣客を、着ていた鎖かたびらごと斬った——という逸話からも知られるように、剣も名手なのである。久保村に、もし助勢の武士が何人かいた場合でも、剣で十分に戦えるくらいの自信を持って、彼はいま夏草の中に潜んでいるはずであった。

もう一人、一見優男《やさおとこ》に見えた井深元治は、幼い時に江戸の幕府の学問所昌平黌に学び、「才学秀逸頗《すこぶ》る前途を嘱望せらる」（『若松市史』上）とされ、どちらかといえば学問の道に進んだ方がよかったかもしれない、そんな人材だった。

「人となり外柔和にして内強毅」（『同』）

しかし彼の体内にもまた、会津武士の熱い血潮がたぎっていた。藩の殉難者を罪人以下と辱しめ、藩侯を嘲り、無実の領民を虐殺した久保村は、絶対に許せぬというのが、一見おとなしそうな、彼の胸の内に燃えている決意だったのである。

伴のほかに井深、それに武田を連れた高津。彼ら四人がどのような経緯で、久保村暗殺という目的に結集したかは明らかでない。しかし多くの藩士には知らせることなく、ひそかに彼らのグループは生まれたのだった。密偵を若松県庁に送り込み、久保村の出発が七月十二日であることを探り出す。そして、けさ未明、明けの明星を仰いだ一行は、少数の同志の見送りを受けて滝沢村を出たのであった。

その彼らはいま、夏草の中で汗をふきながら、じっと待っている。一

年前のいまごろは、会津勢は遠く藩境を越えて戦っていた。若松城は無傷で城下の家並の上に、その美しい姿を浮かべていたのだ。夏草の中の伴たちは、その時の戦場の銃砲声を、遠い海鳴りのように耳の奥に聴いていた。

私利私怨のために戦いを起こした薩長、保身のためにそれにつき従った各藩の大軍。孝明帝の御信任を抛りどころにし、節を曲げずにそれに立ち向かい、敢然と死んでいった戦友の顔、顔、顔。そして悲壮な家族たちの最期。そして戦後の勝者の横暴非道。

「この怨みを彼らは知るまい。いまその万分の一を、ここではらすのだ――」

もう午後二時を過ぎていた。草いきれの中で伴たちは、汗とも涙ともつかぬもので、くしゃくしゃになっている顔を、しきりに手拭いでふいた。

「エー、ホー」

「エー、ホー」

遠くから駕籠かきの声が聞こえてきた。緊迫した空気が流れる。スーッと暑さが消えた。全般を見渡せる小高いところに潜んでいる武田源蔵には、三人が隠れているあたりに、ゾッとするような殺気が漂い始めた気がしていた。

三

揺れる山駕籠の中で、久保村文四郎は只見川を渡るころから、何かいやな感じがしている自分に気がついていた。自分の周囲はまぶしい光の世界であるのに、その明るさが頂点まで達して、一転してスーッと暗くなったような、不気味な感じである。暑さのせいかもしれない。疲労かもしれない。彼はそう思うことにした。これから山道にかかるのだ。緊張していないといけない。

片門の村落を出て、小さな神社の横から坂を上ると、やぶや草原がつづく台地であった。そこを六、七百メートルも走ったであろうか。久保村はハッとした。白鉢巻の一人の武士が抜刀して飛び出してきて、駕籠の行手をさえぎった。振り向けばすでに後ろにも、同じような一人がまわっている。

と見る間に、すぐ左のやぶから、別の一人がゆっくりと現われた。これはまだ抜刀していない。小柄だが、がっちりした体つきだ。

「出ろ！」

低く太い声で、その男がいった。

どしんと駕籠が下ろされた。駕籠かきたちが異様な声をあげて、いっせいに反対側のやぶの中へ逃げ込んだ。武士たちはそれには目もくれず、ふたたび冷たくいった。

「出ろ！」

ギクリとするほど気迫のこもった声だった。

「何やつじゃ。名乗れ！　会津民政局で監察方頭取を勤めた越前藩士、久保村文四郎と知ってのことか。人違いすな！」

「もちろん、久保村と知ってのこと」

さすがに久保村も武士である。

「何と？」

といった時は大刀を左手に、さっと駕籠から出ていた。それを無視するように、相手の武士がいう。

「お見忘れか、このすが目。会津藩士、伴百悦じゃ」

「アッ！」

久保村は小さく叫んでいた。戦死者の遺体埋葬の件で自分と激しくやり合った、あの改葬方の片目の男。

「その節はお世話になった。ごあいさつをするため、われらここで待ち受けた」

「わしが何をしたと申すのじゃ。当然の職務を遂行したまでのこと。血迷うな！」

それは久保村にとって真実の叫びではあったが、相手はその片目で薄く笑っただけだった。

「抜き合わせもせずに斬られたなれば、そこもとの恥であろう。われらもそれでは不本意じゃ。抜け！」

そういうや否や、伴はぎらりと大刀を抜いた。呼吸を合わせたように、久保村も抜いていた。蒼白になってはいたが、彼も逃れられぬところと覚悟を決めたようだった。駕籠わきの草地。高津と井深は道の上下に離れて立って、逃がさない構えをとった。

若いころ、江戸の道場で鍛え上げた伴の腕である。一合《いちごう》した時、早くも久保村の小手から血しぶきが飛んだが、つづいてガッと音がして離れる時、また久保村の白いヒトエの右肩口あたりがみるみる赤く染まっていった。もう必死の形相で久保村が斬り込んで来るのを、伴は落ち着いて左へ払って、飛び違いざまに久保村の胸のあたりを斜めに斬り下げた。グザッというような鈍い音がして、久保村はよろめいて倒れた。致命傷だった。男ざかりの鮮血がほとばしって、見る間にあたりを赤く染めた。

「お見事！」

高津と井深が走り寄ってきた。伴は返り血で、赤鬼のようになっていた。

「けがはなかったか」

「いや、このとおりじゃ」

伴の声は落ち着いていた。とどめを刺す時、久保村の顔は意外に安らかな表情に見えた。井深が用意してきた自筆の斬奸状の板を、久保村の死体の上に置いた。

「ふむ。いい字じゃ。『代天誅之《てんにかわってこれをちゅうす》』か。会津の無念からいえば、久保村の天誅は当然のことじゃったが、こうなってみればのう。彼も所詮、敵側の一個の道具だった。そんな気もするわ」

「いかにものう」

三人は手を合わせた。伴はゆっくりと先の小川まで歩いて行って刀を洗い、懐紙でぬぐった。そして血だらけの衣服を脱ぎ捨てると、体を洗い、あの束松の根元に置いた、着替えを取り出して悠々と着た。血だらけの伴の衣服は、武田が処分のためどこかへ持ち去った。

そんなにしている間も、旅人は通る。ほうり出されている駕籠と、そのそばの血の海、そこに横たわる久保村の死体を見て、肝《きも》をつぶして逃げ帰る者もある。こわごわとよけて通り過ぎる者もある。いつの間にか、ハエが死体に集まり始めていた。

「よし、これで心にかかる雲もない。かねての手はずに従って、これで別れることにいたそうか」

と伴がいった。

「時も移る。では――」

「さらばじゃ。もう生きて逢うことは、あるまいて」

「達者でな」

第二章　待ち伏せ

高津ら三人は会津の方へ戻って行き、伴ひとりだけが東松峠へ、つまり越後方面へ歩み去った。さすがに自分が綿のように疲れていることを、伴は感じていた。

「わしも四十三じゃ――」

伴は苦笑していた。

もう年である。しかしこれから新しい世の中が来るのだ。一子佐太郎は若いだけに、自分の道を切り開いて行くであろう。自分はあえてその中に入って行こうとは思わぬが、それでもこれから先、自分にも別の世界が開けるのかもしれない。妻はすでに一昨慶応三年十一月に死んでいる。孤独の寂しさと、それゆえの不思議な明るさ。これまでの会津武士の軛《くびき》から急にはずされたような、一種奇妙な解放感。東松峠の山道は静かだった。

実は久保村を殺害したあと、伴だけがそういう行動をとることは、同志たちと議論したあげく、先に決めていたことだった。久保村が殺害されれば、新政府はその威信にかけても、犯人探索に乗り出すであろう。その時、残留会津藩士の中で伴ひとりが姿をくらましておけば、それは「私がやりました」と、みずから発表しているようなものである。

「いいのだ。かまわん。別にみなの犠牲になるというのでもない。みなは滝沢村へ戻って、何くわぬ顔をしていてくれればいい。わしは越後へ行く。越後はわしが戦ってきたところ、縁が深い土地じゃ。いささかの存じ寄りもあるし、目算もある。気づこうてくれなくともいいのじゃ」

探索の手は、いずれ越後まで伸びてくるかもしれない。しかし新政府の目をそっちへひきつけられれば、それはそれで満足だ。戦友の埋葬をすませ、会津の無念の一端もはらした以上、自分も何らかの償いをせねば、冥利に尽きるのかもしれない。そんな気がする一方、越後のあたたかい人情の中で、これからだれにも知られぬ、自分の新しい未来が開けるかもしれない、そんなふうにも思える。

「それにしても——」

と伴は思った。久保村には、彼の帰りを待つ妻子がいたのであろうか。かすかな胸の痛みがあった。

——同じころ、会津盆地へ入って行こうとする高津、井深、武田の三人は、只見川を渡った鐘撞堂峠の木蔭で、河谷を見下しながら休んでいた。夜遅くなって滝沢に入るよう、時間調節の含みもあった。三人の胸にも、殺した久保村に対する会津武士の惻隠《そくいん》の情、といったものが流れていて、会話もしんみりとした調子になっていた。

「伴さんは、どこまで行かれたでしょう」

若い武田が、ぽつりとそういった。

久保村殺害について、町野をはじめ少数の同志のあいだで激論が戦わされたことを、三人はいま思い出しているのだった。

熱烈な主戦派ではあったが、町野は戦争の末期、事ここに至っては、帰順、和平以外道はないとして、敵中を突破して入城、老侯松平容保にそれを進言した人物でもあった。

「天人ともに許さざる久保村ではあるが、彼のごとき下郎を斬って、どうなるというのか」

そういう町野に、別の声があがった。

「どうなる、こうなるではない。もう止むに止まれぬ意地じゃ。あの時流した悲憤の涙が忘れられるか」

「久保村など、一人、二人斬ったとて、会津を賊として憎みさげすむ新政府の増長をこらしめる役には立つまい。かえって主君にご迷惑をかけることにはならぬのか」

それまで黙っていた伴の片目が、その時ぎらりと光ったのだった。

「いや、非道に対しては、天に代わり身を殺してこれを討つ者が必ずあるということを、彼らに知らしめねばならぬ。われらには骨がある。会津の怒りの凄まじさを彼らに思い知らせることによって、彼らを粛然とさせるのじゃ。戦には敗れたが、会津の意地を示すことが、今後の彼らの施政への、秋霜の警告となるのじゃ」

そう叫んだあの時の伴の声を、三人はいま思い浮かべているのだった。

ゆるやかに眼下にうねる只見の流れ。その伴はいま、罪を一身に背負うつもりで、ひとり川向こうのあの山道を一歩一歩、愛するこの会津から離れて行きつつあるのであろう。三人はそれぞれの思いで伴のその後ろ姿を思い描きながら、セミしぐれに耳をすませていた。

四

伴百悦ら四人による久保村殺害は、「東松事件」と呼ばれた。越後街道はこののち、明治年間に新道が開削され、片門より四キロも上流の藤《ふじ》村で只見川を渡り、別茶屋で旧道と合して野沢へ向かうことになった。東松事件の舞台となった、あの片門から天屋と本名、束松峠、軽沢の旧道は、見捨てられた形となった。しかし事件そのものは、会津の人たちのあいだに、ひそかに語り継がれていった。

「ひそかに」ということは、新政府をはばかって、この事件を目の当たる記録として残せなかった、会津側の事情によるものだったが、それでも語り継がれたということは、心の中で「快哉！」を叫んだ会津人がいかに多かったかの、現われでもあるだろう。ただ正確な調査も記録もなかったため、この事件の細部が霧につつまれたようになってしまったのは、やむを得ないことだった。

久保村を殺害したグループについても、伴はまず間違いないとしても、高津や井深や武田や、その三人が全部加わっていたのかどうか、またそのほかにだれかいなかったかどうか、はっきりと記した資料はない。『会津若松史』では伴、高津らとなっているし、『若松市史』では井深ほか数人、『私の城下町』では伴、高津、井深、武田という具合である。本書では、通説に近いと思われる四人グループで記述した。

　また事件発生の時と場所についても諸説があったが、これは久保村側、つまり越前藩に史料があった。一時期、会津地方に勢威を振るった久保村が、故郷では意外な軽輩であったことなども、そうした史料でわかったことだが、彼がそういう身分であっただけに、膨大な文書の中から彼の分を探し出すのは、たいへんな作業だったらしい。私が照会した福井市史編纂室でも、一度は「藩の分限帳にあたる諸資料、その他を調べても、久保村の該当者なし」となったのだが、同編纂室の印牧《かねまき》信明氏の粘り強い努力で、『松平文庫』『会津征討出兵記』の中に、久保村の名が発見されたのである。

「同二巳七月、是迄之職被免ニ付、同十二日出立、行程六里斗《バカリ》之所ニ而《テ》、同日

夕八時《ヤツドキ》頃、野沢組片門村地内、新田場《シンデンバ》ト唱《トナヘ》候所ニ而、数ヶ所手疵《テキズ》ヲ受横死《オウシ》」

そして新田場の地名について、私は坂下町役場に問い合わせ、前記殺害現場の記述とした。東松事件とはいうが、結局、東松峠でのことではなかった――ことになる。私が行った平成元年六月八日、そこ新田場あたりはほとんど人影がなく、時々、車だけが走り去る静かな田舎道であった。少し雲行きが怪しくなってきた空を仰ぎながら、葉裏を白く見せてなびく夏草の中に立って、私は殺した人、殺された人、百二十年前のその人間の、愛憎の思いをかみしめたのだった。

さて本篇の主人公伴百悦の、その後の足どりや運命は、これから別に述べてゆくことにして、この東松事件の他の関係者、被害者の久保村、加害者の高津、井深、武田、一人一人のその後について、眺めてゆきたい。

まず久保村文四郎だが、彼の「横死」が故郷越前藩にいつ伝わったかは、明らかでない。しかし武士として不名誉な横死では、普通なら家名断絶となるのが避けられないところだった。ただ久保村は、越前藩兵が故郷に帰還したあとも、会津へ残

って朝廷の御用を勤めた者であること、もう一つは、彼が長年職務に励んできたこと。この二点で「格別之御憐愍《ごれんびん》」を以て、跡目を立てることが認められた。これが八月十日であった。

久保村に子がなかったのか、あるいは妻もなかったのか、それはわからないが、八月二十九日、久保村家では同藩山中十助のせがれ雷之介を、養子にすることを藩庁に願い出た。雷之介は鳴物方御雇だったが、職を免ぜられて、十月四日に久保村文四郎跡目を相続し、これまでどおり十五石三人扶持を賜った。

教養が高いとはいえず、視野は狭く、行き過ぎもあったけれども、馬鹿正直に職に励み、それゆえに藩から一定の評価も受けていた久保村。そしてその評価のゆえに、藩から民政局の役人として推薦を受け、新しい境遇に移った久保村。そしてそこで、その人間の幅の狭さや馬鹿正直があだとなって、自分の身を滅ぼすことになった久保村。そんな図式が、私の頭の中に浮かぶ。

次は殺害した側に移って、まずは高津仲三郎。滝沢村へ戻って、何くわぬ顔をしていればよいはずの高津ではあったが、追及の手は次第に彼に近づいていたのだった。その間、明治三年、会津藩は陸奥斗南へ移されていた。役領、預領を合わせれば四十万石以上という雄藩が、やせ地の三万石へ押し込まれ、移住した一万七千人は、食うや食わずの苦難の道を歩むのだが、高津はそこでついに逮捕、投獄される。しかし剛毅な彼らしく、明治四年一月に、彼は脱獄に成功した。

斗南藩三戸《さんのへ》へ移住していた、仲三郎の兄八郎のもとへ、雪の夜、脱獄した仲三郎が忍んできた。そこには八郎の家族のほか、仲三郎の妻も身を寄せていたが、所詮長くかくまってはおけない。ある雪の降りしきる夜、仲三郎はそこから逃れる。足跡はすぐ降雪が消してくれた。「人相書が黄金《きかね》橋の橋詰に張り出され、捕吏十二人が寝ずの番をしてたむろしている」（『豪槍流転』）という厳戒の中をすり抜けて姿を消した仲三郎を、町の人は「神か、人か」といったという。

東京へ逃れた仲三郎は、明治五年夏、九州佐賀へ行き、七年一月まで昔の槍の同門、中西七三方へ寄留。その後、山陰路から四日市へ出、そこから船で横浜へ着き、同年三月、東京へ戻ってきた。お尋ね者の高津にとって、東京は危険な土地だった。しかし彼は吸い寄せられるように、そこへ戻ってきてしまった。そしてそこで、昔の会津藩士仲間の永岡久茂に逢うのである。避けられない運命のレールが、敷いてあったのであろう。

戦後斗南藩に移ったこの永岡久茂も、会津藩に対する新政府の仕打ちに、怒りを抑えかねた人物だった。彼は東京へ出てきて「評論新聞社」をおこし、薩長藩閥政府攻撃に、火のような論陣を張っていた。言論から行動へ。永岡の激情はついに、政府転覆のクーデター計画へと進む。明治九年、廃刀令につづいて、家禄制度の廃止。巷《ちまた》には新政府に憤懣《ふんまん》を持つ旧士族があふれている。十月、熊本で神風連の乱、福岡で秋月の乱、そして長州萩では前原一誠らの乱。永岡もこれらに呼応して、挙兵しようとしたのである。

しかし十月二十九日、千葉通いの船の出る日本橋区の思案橋で、永岡らの一党は一網打尽にされる。そしてこの一党の中に、中原重義と変名した高津仲三郎もいたのだった。思案橋から一旦は大川端まで逃れて、小舟に身を潜めた永岡や中原は、夜に入って墨田川一帯に広がる御用提灯《ちょうちん》の連なりを見て、観念して自首した。翌明治十年二月、中原の高津は、市ケ谷囚獄署の刑場で斬首された。不正を憎み、それを許さなかった多情多感の高津、四十九歳の生涯だった。

次は井深元治。彼も何くわぬ顔で一旦は滝沢村へ戻り、次いで東京の謹慎所送りとなった。しかし彼は少々、新政府役人を甘く見たのかもしれない。久保村が殺害されたあと、現場へ駆けつけた旧民政局役人たちは、そこに残された井深の斬奸状に首をかしげたのである。

「はて、どうもこの文字と文章は、どこかで見た覚えがあるぞ——」

持ち帰って調べてみると、それは以前、井深という会津藩士が民政局へ提出してきた「建言書」と、どう見てもそっくりだ。周辺捜査の結果、井深追及の手は東京の謹慎所へ伸びてきた。知らせる者があって、井深はそこを脱走した。そして以後、上山大八と変名して四年間、大阪で潜伏していた。

やがてもうほとぼりも冷めたころ、と戻ってきた井深は、高島嘉右衛門の横浜学校の教頭となった。彼には向いたポストだったかもしれないが、たまたまそのころ、井深と旧知の会津藩士白崎小次郎が、ある事件で捕らえられた。ところがその獄吏が、昔の会津民政局員だった。白崎を東松事件の一味と見た彼は、白崎を拷問にかけたのである。苦痛に堪えきれず白崎は、井深が変名して横浜にいることを白状してしまう。

井深はつかまり、拷問にかけられたが、ついに同志の名は漏らさず、獄中で病死したという。熱血の会津武士がまた一人、ここで死んだ。まだ二十五歳だった。

最後に武田源蔵。既述のように武田は、藩士の遺体埋葬のため、伴とともに被差別部落に入籍した人物であった。その一途な人柄が思われるが、彼の詳細についてはほとんどわからない。東松事件後逃れて、捕らえられることなく九州で没したとも伝えられるが、私はその史料を見ることができなかった。

ただこの東松事件の武田については、源蔵でなく宗三郎、としてある資料も多くて、私は迷ったが、武田宗三郎なら、籠城中の会津勢を苦しめた小田山のアームストロング砲。その導きをした城下安養山極楽寺の僧を、戦後復讐のため斬殺した男だという。

「宗三郎亦之が為に刑せらる。時に二十」（平石弁蔵『会津戊辰戦争』）

その武田宗三郎を東松事件の武田とするのは、時間的に無理がある。ここはやはり、武田源蔵の方が自然と私は考えた。

しかし前述のように、本篇の主人公伴百悦のその後についてだけは、これから別に述べてゆくのであるが、その伴も明治三年、捕り手に襲われて死ぬ運命が待っているのである。加害者グループ四人のうち、武田源蔵一人が逃れおおせたのだとしても、彼もまたこの事件のため、ついに故郷へ帰ることなく、異郷で死ぬのであった。

彼らの辿った運命も、新しい日本が生まれるための陣痛の一つだった、といえるのかもしれないが、あの束松の呪いといったような思いも、ふと私の胸をよぎるのである。

第三章　越後の夕陽

一

東松事件があった天屋、片門あたりから八キロほど下ると、只見川は右手から流れてきた阿賀野川に合する。その阿賀野川は野沢の北側を通って越後に入り、津川の町を川面に映しながら下って、馬下《まおろし》あたりから平野部に出る。そしてさらに水田地帯を蛇行して、羽越線の阿賀浦鉄橋をくぐるあたり、左岸一帯は新潟県新津市（現新潟市秋葉区）となる。この鉄橋の一キロほど上流左岸に、新津市大字大安寺という小さな集落がある。ＪＲ信越、羽越、磐越三線の分岐点、鉄道の町新津の中心部

伴百悦関係　越後地名図

日本海
太夫浜
新発田
新潟
阿賀野川
赤谷
水原
荻島
新津
大安寺
金屋
秋葉山
信濃川
小須戸
石間
五泉
馬下
村松
沼越峠
津川
加茂

から東へ三キロほどの、静かな農村地帯である。

　この大安寺の上流金屋から、下流満願寺あたり一帯に勢力を持つ、坂口家という豪族があった。先祖は坂口治右衛門といい、一族郎党を率い、九州唐津から加賀大聖寺を経て、寛文二年から三年の間（一六六二―三年）に、金屋村に落ち着いたとされる。以後この一族は原野を開拓し、このへん一帯の十九戸の分家に、それぞれ百石を分かち与えるという大地主に成長した。

　その坂口家はいくつかの系統に分かれたが、中心となったのは、初めの金

屋から北の大安寺に移って開拓に成功した坂口津右衛門家だった。この津右衛門家第三代の時代に、医師となって分家した坂口友伯の子孫が、明治の文人代議士五峰坂口仁一郎であり、その長男が新潟日報社長などをつとめた坂口献吉、その弟が作家坂口安吾になるのである。

それはともかく、幕末のころ、この坂口津右衛門家は八代を数えていた。堀をめぐらした一町歩（一ヘクタール）を越える屋敷内に、幾棟もの建物がそびえ、下男、下女は七、八十人。当主は殿様のように、草履《ぞうり》取りから専用の駕籠かきまで雇っておき、外出用の乗馬も、つねに数頭が飼われていたというから、少し割り引いて考えても、その豪勢さがしのばれる。

三棟の金蔵には、カマス詰めの銭が積み上げられ、それを階段代わりに二階へ上り下りする。この金蔵の建物は、明治年間に近くの五泉の町の人に売られることになり、職人がきて解体しようとしたが、なかなか壊すことができなかった。四隅に鉄の柱、その中間にもう一本鉄の柱、壁の内側に鉄板がまわされていたのである。

津右衛門は、気に入った人物が来ると、馬や駕籠を連ねて五里ほど離れた新潟まで出かけ、豪遊をした。芸者は総あげ、それを素裸にして金をばらまいて拾わせたが、草履取りなど自分の供には決して拾わせなかった。

「おまえ方が拾うては、おれの恥になる」

供の人数には別室で酒肴が出され、芸者が半狂乱で拾う金には見向きもしなかった。いや、しないふりをした。しかし要領のいい男などは、素早く拾い集めて、フンドシに隠して持ち帰り、結構財を成したという。

またこの八代津右衛門は花火が大好きで、真冬でも新津の南の秋葉山に出かけ、打ち上げさせて楽しんだという。

「上がります。上がりまーす。一尺玉！」

美声の番頭の告げる声は、風に乗って遠く阿賀野川対岸、嘉瀬島までも届いたという。

「それが私の曾祖父だったそうです。……その人は一生、津右衛門氏の番頭をしていたがんですね」

そういう「赤塚登喜与氏の話」というのが、『治右衛門とその末裔』（坂口守二）

に収録されている。近在の人々は、夜空に咲く花火を楽しみながら、それを個人で打ち上げさせている坂口津右衛門の豪勢さに、改めて驚嘆の思いをかみしめたのだったろう。

花火は、はかない。しかしそれを好んで打ち上げさせていた津右衛門も、自分の中のはかないものを、じっと見つめていたのかもしれなかった。実は、津右衛門家の当主は、五代目以降が全部短命に終わっていた。津右衛門を相続する者は、三年を待たずに早死にする。そういう話が一般に信じられていた。八代津右衛門はそれを覚悟の上で、下流の太子堂の原家から婿養子にきた。

人生を太く短く。彼はそんな思いで、坂口家に入ってきたのだったろうか。彼が菩提寺への寄進に熱心だったり、人を驚かす豪遊をしたりというのは、単に彼が富を握っていたからだけでなく、彼の内側で、いつでも彼にささやきかけていた、人間の無常への思いのせいだったかもしれない。

村の人々は「阿賀野川の水は枯れても、津右衛門の財産は尽きない」といっていた。しかし越後には、津右衛門よりもっと大きな地主も、多くあったのである。ただ村の人々には、蓄積された富の大きさよりは、目もくらむような津右衛門の浪費の方が、強烈な印象を与えたのであった。

「貯めこんでおいたとて、何になろうか」

死が近いことを覚悟している津右衛門の、一種の悟りのような心境だったが、皮肉なことに彼は早死にせず、明治十四年、五十七歳で没することになる。

しかし早死にの不安におびえているだけでなく、一方で彼は文武の嗜《たしな》みも深い男だった。彼は邸内に道場を設けて、諸国巡遊の武芸者などを集め、技を競わせた。この道場には二階があって、文人墨客の逗留をも歓迎した。そしてみずからも詩作したし、囲碁は二段の腕を持つという趣味人でもあった。

とくに武道では、津右衛門自身の技量もなかなかのもので、みずから「神道無念流坂口派」を称した。中には〝お追従《ついしょう》〟もあったのだろうが、この坂口派に入門希望者があると、彼は喜んで坂口家の紋付羽織を与えたといわれる。武芸者や文人墨客は、彼の名を聞き伝えて全国からここへやってきた。その数は常時、十人を下らなかったという。

津右衛門はこれらの人々に、毎日切手を渡した。その切手を持って行けば、近所で昼食をしたり、酒を飲んだりできたというが、純農村の大安寺では、その切手を使うほどの店もなかったろうから、三キロほど離れた宿場町新津へ出かけて使ってきたのであろう。もっとも、この切手を使わずにおけば、彼らが津右衛門邸を去る時、路銀の足しにでもと、現金と引き換えてくれたというから、至れり尽くせりの待遇だった。

ところで苗字帯刀を許され、とくに武ばったことが好きだったこの津右衛門が、会津藩びいきだったらしいのは、何となしに納得できる気がする。ずる賢いこと、こせこせしたことが嫌いなこの名家の当主は、多くの会津藩士と接する機会があったであろう。そしてその間に、竹を割ったように男らしい、会津武士気質が好きになっていたものであろう。第一、この大安寺のそばを流れる阿賀野川は、彼の富が集まってくる道であるとともに、会津への舟運の動脈でもあった。川を上下する舟をつねに見て、彼が上流の会津に親近感を持っていたのは、当然のことでもあった。

幕末――というだけで年ははっきりしないけれども、その会津藩から津右衛門に対して、借金の依頼があったという。もともと執着の薄い〝うたかたの富〟である。好感を持っている会津の申し込みに、彼は応じたといわれる。「桂氏御用留帳」（『新津市誌』）では、海岸警備の費用として、このあたり一帯の〝お上〟への献金が、記録されている。

一、金弐分　　　　治郎兵衛
一、〃　　　　　　又　蔵
一、〃　　　　　　源右衛門
一、金弐分弐朱　　又　市

とご覧のように、零細な分までが網羅されている。この時、津右衛門だけは「繰替合計千両」となっているが、これは会津藩へ用立てた分をさすのだろうかと、前記『治右衛門とその末裔』では述べている。

津右衛門の会津藩への経済援助というのは、これとは別のものだったかどうか、またこの千両が会津藩向けだったとしても、これ一回きりだったかどうか、それはわからない。大安寺は幕領だったが、佐幕と見られていた会津藩への融通は、津右衛門の心情としても、自然なものだったのだろうか。

もっともこうした豪農の常として、津右衛門は新発田藩にも融通して、いや、融通させられて？　いたようである。ただ津右衛門は、会津藩に対してだけは特別の肩入れの姿勢があったのであろう。彼は邸内に鍛冶場まで設けて刀剣を作らせ、会津へ送ったのだった。その大安寺できの刀剣は「会津藤四郎」と呼ばれて、武骨、鋭利なものだったという。尚武の気風の会津藩だから、藩士たちはそれぞれ分に応じて、立派な業物《わざもの》を持っていたと思われ、あえて「会津藤四郎」を欲したかどうかはわからない。しかし迫る国難に、会津が民兵を組織するような場面では、津右衛門の刀は、それなりに役立ったであろう。

「旦那様は、会津に乗せられていなさる」

「しっ！　会津様の件は極秘だぞ」

使用人たちのあいだでは、そんな会話もあったが、長いあいだの浪費、同族間の

訴訟、会津への肩入れ等々で、さしもの津右衛門の身上《しんしょう》も、戊辰戦争を迎えるころはそろそろ傾きかけていたことを、村人たちは知らなかった。

――明治三年春、その広大な津右衛門屋敷で、他の旅人などとは別棟の一室にずっと逗留している一人の中年武士があった。いつからこの武士がここにいたかはわからないが、彼はひっそりと毎日を送っていた。

「あのおさむらい、だれのがんだろう（だれなんだろう）」

「旦那様は大事にしていなさるが、やっぱり会津のすじの人だてこんだ」

使用人の噂のその武士は、片目であった。伴百悦であった。

二

伴百悦がどうしてこの大安寺の坂口津右衛門邸に、身を寄せることになったかは、謎である。一説では、二人は越後三条で知り合ったというが、どういういきさつであるのか、その史料を私は見ることができないでいる。しかし越後が伴にとって縁の深い土地であることは、これは確かであった。戊辰戦争の砲声が越後に轟く以前から、彼はこの国に進出していたのである。

北越戊辰戦争の舞台の中で、私が初めに彼の名を発見するのは、慶応四年五月十三日、朝日山の戦闘の場面である。

長岡南境の要地朝日山を守るのは、東軍中で精強を謳われる長岡、会津、桑名の三藩兵。それに対して、朝霧の中を山頂へ攻め上るのは、猛将時山直八率いる長州奇兵隊。結局この戦闘で時山は戦死し、奇兵隊は敗退するのだが、最初山腹の前進陣地にいた三十余人の会津兵は、真っ先に奇兵隊の目標となって、打ち破られた。勝ち誇った奇兵隊は、霧の中に響く駆け足の太鼓とともに、怒濤のように朝日山の斜面を駆け上る。山頂の東軍は、浮き足立った。

「会人伴百悦等モ、営ヲ棄テテ走ラント欲ス」（『泣血録』）

その時、塁上に躍り上がって味方を叱咤して、このピンチを切り抜けたのが、若き桑名藩隊長の立見鑑三郎。

うろたえて退却しようとしたとされる、この時の伴百悦のイメージはかんばしいものではなかったが、これは桑名側の文章であり、味方他藩についてはかなりひどい表現もなされている。たとえば長岡兵についても、この時「畏縮シテ戦フコト能ハズ」などと記されており、記述が一方的であるばかりでなく、桑名の勇猛を際立たせるための誇張もあると思われるから、伴の場合もその点、割引いて読む必要があるのかもしれない。

北越戊辰戦争の、最も初期の戦場の記録の中に現われた伴百悦の名は、同戦場末期の混乱の中にまた現われてくる。

越後平野中央で釘づけになっている戦線背後に、西軍が海上機動による上陸作戦を行ない、越後の東軍が総崩れになる七月末、伴は後方越後水原の会津陣屋にいたという。

近くの下条の大庄屋佐藤忠五郎が官軍びいきだといわれるのに、伴は腹を立てていた。彼は佐藤庄屋を呼びつけて、難癖つけるのである。

「その方、先般わが会津の将兵に食事を供する際、欠けた膳椀《ぜんわん》を用いたと聞く。何ぞ意図あってのことであろう」

とうとう伴は、佐藤に切腹を迫ったという。佐藤にしてみれば、急に多くの膳椀が必要になった時だから、方々の寺のお斎《とき》用の食器を借り集めたものだった。それは欠けている物もあったかもしれないが——。

しかし相手は聴いてくれない。佐藤は開き直った。

「わだぐすは、会津様の領民ではごぜえません。天領の代官様ご支配下の者でごぜえます。それをいぐら会津様だとて、勝手にご処分は、すじが違うがんではごぜえませんか」

伴もギャフンとなった。

「何?　しからば代官と掛け合うて——」

とかいっているうちに、太夫浜に官軍上陸の急報が入ってきて、陣屋は大騒ぎになる。

結局、庄屋佐藤の処分もうやむやになってしまったというものである。これは『水原郷土史』に出ていることだが、そのころ幕府代官などがそのあたりにいたかどうか、また伴が武士でもない庄屋に切腹を申しつけたかどうか、またそれより先に、このころ伴は本当に水原にいたかどうか、それらを証明する材料はない。ただこのころ伴が水原にいたとすれば、戦費に苦しむ会津は、背に腹はかえられず、越後の領民に苛酷な財政負担を強い、それに対する怨嗟の声は多かったのだから、一番目立つ伴が、会津側の悪役にされたということは考えられるであろう。

会津側諸資料によれば、伴は萱野右兵衛配下の撤兵《さっぺい》隊組頭として、慶応四年三月越後に派遣され、水原に駐屯していたのであった。そして五月一日、彼らが長岡付近へ出陣して行ったのも、ここからだった。会津はその前年七月に、水原の陣屋を酒屋村に移してはいたが、水原は新発田藩を念頭に置いた抑えの地であり、従ってずっと会津兵の駐屯地であることに変わりはなかった。

出陣した伴たち会津勢は、五月三日の片貝の戦闘を皮切りに、十三日には前記朝日山の戦闘に参加したのだった。越後での戦争の全期間を通じて、会津勢諸隊の中

のエース的存在は、朱雀四番士中隊と朱雀二番寄合隊だったろうが、朱雀隊は十八歳から三十五歳までのパリパリの正規軍。この朱雀二番寄合隊の隊頭は、土屋惣蔵、伴百悦、山田陽二郎、西郷刑部と変わる。

　朝日山の戦闘ののち、長岡城は西軍の奇襲渡河によって五月十九日に落城、東軍は加茂へ後退したが、このころ伴は、後方小須戸の防衛を命ぜられている。しかしこの後、萱野の会津勢は信濃川左岸、通称川西の与板方面の戦線に使用されたので、おそらく伴もこの方面で戦ったものであろう。伴が朱雀隊の隊頭をつとめた期間がわからないし、彼が川西の戦線にいつまでいたかもわからない。しかしこの方面の東軍は善戦して、はるかに優勢な西軍をむしろ逆に圧倒しつづけていたのだった。

ところが七月二十五日、海上機動部隊によって西軍が戦線背後の太夫浜に上陸し、二十九日、新潟港が陥落すると、川西の東軍は一転して最も危険な状況下に置かれることになった。

自分たちの左翼、信濃川右岸地区にいた東軍が、米沢兵引き揚げなどで総崩れして退却を始めた結果、会津方面への退路が断たれようとしている。しかも新潟を陥落させた上陸軍は後ろから迫ってくる。一刻もぐずぐずしておれない。八月一日、川西の東軍は全軍急いで地蔵堂へさがり、そこから直角に右折して、三条、加茂をめざした。上陸した西軍の一部は、このころすでに五泉方面から加茂の背後へも迫ってこようとしている。三条、加茂で戦った会津兵は、やむなく東方山地に入り、沼越峠から阿賀野川河谷へ下った。

越後と会津を結ぶ大動脈であるその河谷もまた、入口まで敵が侵入してきていた。

草水《くそうず》、赤坂破れ、石間付近で辛うじてそれを支えていたのが、七月二十七日に新発田兵などの攻撃を受けて水原を奪われ、この河谷へ後退してきた少数の会津兵だった。この会津兵は、やはり萱野右兵衛配下の部隊だったとされるが、構成は民兵が主体だったようである。そこへ沼越峠からの前期精鋭朱雀隊の二隊が、八月五日、阿賀野川を渡って、急を告げるこの石間口へ駆けつけてきたのだった。

だから前述のように、もし伴百悦が七月末に水原にいたのだとしても、また川西地区で戦っていたとしても、これ以後は等しく、阿賀野川河谷の脇街道沿いに戦いつづける会津軍の中に、必ず彼の姿は見られたはずである。しかし新発田から津川へ向かう赤谷口本街道が早く後退したので、また退路が断たれそうな形勢になって、伴たちは津川までさがらざるを得なくなる。そしてその津川で、伴たち会津勢は若松城下へ西軍突入の悲報に接し、その救援のため急いで後退することになるのである。

伴の越後における表面的な行動はそんなものだが、どうも私には、伴と坂口津右衛門とのつながりを考えると、やはり伴には何か越後での単独行動があったのではないか、そんな気がしてくる。たとえば彼は、萱野隊より先に水原辺にきていたのではなかったかとか、戦争中川西地区から、何かの任務で後方で単独行動をし、水原へ戻っていたのではないかとか、そうした単独行動中、刀造りのため鍛冶職人の町三条へ出向いてきた、坂口津右衛門と知り合ったのではないかとか、いろいろな想像が湧いてくるのである。

ついでながら、戦死者の遺体埋葬の件で、悲憤の涙を流しながら西軍当局とかけ合ったあの町野主水も、この北越戊辰戦争末期の混乱の中で、新津付近で戦っていたのであった。七月二十九日朝、町野隊は味方を裏切った新発田藩兵が小須戸に潜んでいると聞き、加茂から急行した。しかし敵を見ず、梅ノ木（現新潟市）の吉田徳兵衛の家に火をかけて新津へ向かう。このころすでに北方新潟の空に、黒煙が高く立ち上るのが見え、町野は新潟に敵が侵入したことを知った。

翌八月一日未明、新津北方四キロの荻島を守っていた米沢兵が、危急を告げてきたので、町野らは休む暇もなく荻島へ駆けつけ、小阿賀野川対岸三ッ口の敵と戦う。しかし長岡が再落城し、敵はもう三条の近くまで北進してきたという急報が入って、町野たちは新津へ後退、以後、村松を経て阿賀野川河谷へ出、彼も川沿いに戦いながら後退することになる。町野隊が後退したあと、荻島へ進出してきた西軍福知山兵は、会津の戦死者の首を得たが、たまたま川へ米とぎにきた農婦が、置いて逃げた米桶を首桶に代用し、そのため首の切り口には米粒がついていたといわれる。

会津山西ふく風のかぜ先に
あきもこの葉もたまりかねつつ

津川から後退した会津兵のあとを追いながら、越後口西軍の参謀山県狂介はそう詠んだが、いまこの歌を口ずさむ時、私には伴や町野や、赤谷口の本街道の方から後退した高津仲三郎や、そうした熱血の会津藩士たちの無念の形相が目に浮かんでくる。

三

そびえる杉の巨木に囲まれた大安寺の坂口津右衛門屋敷。伴百悦はこの明治三年の早春、その奥座敷で静かな日々を過ごしていた。時に彼はぶらりと散歩に出て、阿賀野川の岸辺にじっとたたずんだ。雪解けで水量が増している川面には、さざ波がきらめいて、川向こうの飯豊《いいで》の連峰はまだ真っ白に輝いている。川べりの楊《やなぎ》が芽ぐみ、雪の下から現われた濡れ土には、べったりと寝ている草の若い緑が目に鮮やかだった。湯気のような靄《もや》が大地を薄く覆っていて、小鳥たちがうれしそうにさえずり交わして何かついばんでいる。

浮きつ沈みつ、下駄の片方が流れてくるのを伴は見た。ああ、あの下駄も、会津から流れてきたのかもしれない。会津のキリで作られた下駄かもしれない。若松城下の西に川原が広がる、あの阿賀野川上流。その早春の風景を、伴は幻に見ていた。城下では阿賀野川といわず、大川と呼んでいたが――。

そんなことを思っていると、伴はいますぐにでも、そこへ走って行きたくなる。ここにいる限りは、どうやら安全であるものの、おたずね者の自分が、のこのことそこへ帰って行くことは、まさに自殺行為でしかない。だが、どうせ自分はこの越後の戦場で死ぬべき身だったのだ。そう気がついてみれば、彼はいまさらのように、

切ない望郷の思いに身をさいなまれるのだった。

「ここにいる限りは、安全だが――」

しかし彼のその思いは少し甘かったようである。このごろ、何かえたいの知れない行商人体《てい》の男が、時々大安寺の村に現われて、用もないのに村人たちに話しかけていることを、伴は知ってはいない。そうした男たちが村人に話しかけることは、だいたい決まっていた。

「おれあ、このへんで、ニセ札をつかまされたことがあるども、おまえ方はそんげな目に遇うたことはねえかね」

「ニセ札はどうも、このへんでこしょうて（作って）いるてこんだが、それがどごだか、おめえさんは知らねかね」

「ニセ札なんか、こしょうてるがんは、どうせよそ者《もん》だろうが、おまえ方はそんげな怪しげな人間、見たことはねえかね」

全部がニセ札関係の聞き込みだった。

「ニセ札のう。何だっておれたちあ、札なんかに縁はねえがんだんが、何でも知らねえてばね」

　村人はそう返事しながらも、近ごろ津右衛門屋敷に逗留しているという、四十過ぎのさむらいのことを、ひそかに思い浮かべるのだった。そのさむらいが、いつからそこへきていたのか、どこからきたのか、どういう素姓の人物なのか。村人には一切謎の人物である。滅多に人前に現われることはないし、口をきいた村人もない。ただ小柄ではあるが、いかにも武術で鍛え上げたという体つき、それに片目であるということが、村人のまぶたに強く焼きつけられていた。

　しかしその武士が、津右衛門屋敷では、普通の旅人が泊まるところとは別に、奥まった一室を与えられ、旦那様が大事にしている客人であること、言葉のなまりなどからして会津の人らしいこと、そんなことが坂口家の使用人の口などから、おいおい知れていっていた。

　使用人たちにとって、この武士は少し気づまりな存在ではあったが、彼の日常は礼儀正しく、使用人に対しても、決して尊大ぶったところがなかった。主人の津右衛門は、この武士と年格好が似通っているせいか、時に親しく二人きりで話し合っているともあったが、彼がこの客人を尊敬しているらしいことは、使用人たちにもよくわかった。津右衛門は使用人のだれかに、こんなふうにいったことがある。

「このごろの人間は、相手が強いとみな泣き寝入りだ。だども骨のあるさむらいも、まだあるんだ。本当に腹の底から怒るということは、よほど腹のきれいなお人ではないと、できるこっちゃない。自分を無私にして、その怒りによって行動する。成算があるかないかとか、利害を計ってみるとか、そういうことでのうて、強い者にも立ち向かってゆく。そうしないではおれないという人。いまの世の中、なかなかそこまでやれる人はないぞ」

「へえ?」

津右衛門がいっているこの意味は、使用人たちにはよくわからなかったが、旦那様が何かあの武士のことを、頭に置いていっているのだということは、彼らにもよくわかったのである。

しかしさらに時がたつにつれて、その片目の武士が伴百悦という名であり、実は旦那様と組んでニセ札を造っているのだ、という噂が静かに広がっていた。そしてそれにだんだん尾鰭《おひれ》がついて、真実らしい形を整えていったものであろうか。村人たちのあいだに伝わっていたのは、こんなすじ書きだった。

一昨年の戊辰戦争の際、阿賀野川沿いに官軍の薩摩兵が進攻してくると、伴は会津の老人〔ママ〕を集めた朱雀隊というものを率いて、それを退散させた。その時官軍が置き去りにして逃げた紙幣専用の印刷機を、伴が分捕った。旦那様のところでいま、こっそりとニセ札を造っている機械がそれだ。

村人たちが信ずるところでは、ニセ札とはいっても、政府が持っていた印刷機で造るので、本物として通用するものなのだということだった。そしてそれを裏づける、次のような話がつづく。

伴が造って、津右衛門屋敷に置いたニセ札は、近郷の某が「危険だからおれが預かってやる」といって、自分の家に運びこませた。彼はそれを自分の番頭に担がせて、四国、九州方面へ、藍《あい》の買いつけに出したという。藍は若狭ムシロで編んだタドの中に入れ、何貫匁いくらで売買されたが、この番頭は人が八両で買えば自分は十両で買い付け、それを大阪へ運ぶと、人が十両で売れば自分は八両で売った。とにかくニセ札を早く本物に替えればいい。それで大もうけしたという。

戊辰戦争越後の戦場で東軍が総崩れになっているころ、伴が薩摩兵から紙幣印刷機を分捕った阿賀野川河谷の戦闘というのは、調べても該当するケースが見当たらない。第一、薩摩兵が紙幣印刷機を運搬しながら戦闘するということも、印刷の技術もないであろう伴がニセ札を造るということも、すべて滑稽な話ではあった。

しかし、いろいろな言い伝えが現地に残った。

「あの伴というさむらいは、ニセ札を使って、何かやることを目論んだのだ」

村人たちは固くそう信じた。

しかし伴自身は、ニセ札は造らなかったであろうが、前述したように、戊辰戦争後の日本には、全国的にニセ金、ニセ札が横行し、国際問題にまでなった。しかもその巣窟とされたのが会津であり、その取締りに血も涙もなしに極刑を以て臨んだのが、殺害された久保村文四郎であった。そういう背景を思えば、会津からなにがしのニセ札を、伴が越後へ持ち込んできた可能性はあるかもしれない。ニセ金よりは、ニセ札の方が、運ぶのにも便利だったであろう。

しかもその場合、会津人の伴自身には、ニセ札を使うことが犯罪になるとは知っていても、それが悪であるという意識は、あまりなかったかもしれない。新政府はまだ自分たちと対立する存在であり、ニセ札使いはその非道な役人どもに一矢をむくいることであり、後方撹乱の手段であるという気さえ彼にはしたのではなかったか。新政府戦後の仕打ちは、それくらい会津人に深い怒りと怨みを植えつけた。若松県が太政官への上申書に「贋貨製造ノ巣窟、其《ソノ》根源ハ即彼藩士ニテ」といっているのも、藩士が自分の貧窮のためにするというだけでなく、その行為の中に、彼らの復讐の心があると、新政府役人が感じていたせいかもしれない。

しかも「阿賀の水は枯れても、津右衛門の財産は尽きない」と謳われた、坂口津右衛門の家にも、戊辰戦争後は没落の影が色濃く忍び寄っている。それを思えば、津右衛門自身、伴が持ち込んだのがニセ札であると知っても、そしてそれをだれかが外へ持ち出そうとしても、見て見ぬふりをしたかもしれなかった。

しかしニセ札は坂口家のカンフル注射にはならず、かえって没落を早める毒薬にしかならなかった。明治初年のうちらしいが、ニセ札の宿をしたという容疑で、津右衛門に仙台から召喚がきたという。津右衛門は近くの医師、徳永晋斎の父親に頼み込んで、自分の身代わりになって行ってもらう。この人のよい人物は、「坂口家のある限り、面倒はみてやるから」という津右衛門の言葉を真に受けて仙台へ出て行ったが、意外な重罪で斬首になった。しかし肝心の津右衛門が没落してしまったので〝斬られ損〟になったという。

「もっとも、晋斎さんの家でも印刷したがんだそうですので、同類でありましょうども」（『治右衛門とその末裔』）

と前出、赤塚登喜与談話ではいっている。

しかし結局、津右衛門は身代わりだけですまされず、のちに本人も入牢の身となったという。そしてその入牢中に、胸に一物あるだれかによって、彼の財産が処分されてしまった。津右衛門は東京へ出奔し、明治十四年に五十七歳の一生を終わる。広大な津右衛門屋敷も明治二十四年ごろ取り壊されて、いまは跡形もないが、それらはいずれも後年のことで、ここに逗留していた当時の伴が、あずかり知るところではなかった。

四

梅雨が明けて空に夏雲が輝き、阿賀野川の岸辺の広いカヤ原に、ヨシキリが騒々しく鳴きたてるようになった。伴百悦はこのころ、同じ大安寺村内の医師、前出徳永晋斎の家に移り住んでいた。

それ以前から伴は、何か自分の身辺に迫る危険の影を、意識するようになってはいた。不審な者がしきりに自分のことを調べていることも、逗留先の津右衛門の使用人たちから耳にしていた。津右衛門屋敷から一歩でも外へ出ると、彼はどこかから自分を監視しているだれかの視線を感じ、時には尾行の気配も感じた。

そのころ津右衛門の一族で、同じ村内の坂口儀伯家に住む吉田好竹という男の目も、伴には気になるものの一つだった。この吉田は長崎の男で、元は津右衛門の名を聞き伝えてやってきた逗留客の一人だったというが、津右衛門に出入りする儀伯家の娘清子を見初めて妻とし、以後、儀伯家へ移ったのだという。書や詩文をよくし、家塾も開いたが、その実体は、会津びいきだった津右衛門を監視のために派遣された隠密だ――と村人のあいだではいわれていた。そんな人物だから、伴にとっては何となしにうっとうしい存在だった。

ある日、伴の部屋へ津右衛門がやってきた。

「どうも感づかれたようです。このごろ様子がおかしい。踏み込まれたりしないうちに、移られた方が安全かと思いますが――」

「かたじけない。死を恐れるわけではないが、当家に迷惑をかけては心苦しい。わしの方で出て行くことにしましょう」

「あ、いや、迷惑などと、そんなことではありません。ただ御身の安全のため、彼らの目をくらまそうというわけで。それにはご存知でしょう。あの医師の晋斎の家、あそこが隠れ家には一番いいと思います。あそこなら、妙なやつらも気がつきますまい」

「左様か、しからばそういうことに――とお願いしたいところじゃが、晋斎殿がそれを引き受けてくれるかどうか」

「ご心配はいりません。内々ちゃんと話はつけてあります」

深夜、伴は身ひとつで晋斎邸へ移った。ここはもちろん津右衛門屋敷ほど広大ではないが、それでも伴一人が潜むぐらいには、十分な構えの屋敷である。しかしもう散歩に出るわけにもいかない。外はまばゆい初夏だが、伴にとっては心重い明け暮れだった。

だが何分狭い村内のことである。伴が晋斎邸に移ったと言う噂も、やがて人づてに広がっていった。そして伴は晋斎のところに移ってもニセ札を造っている。村人たちはそう信じた。ニセ札の聞き込みということで、大安寺の村内をうろつく男たちも、やがて晋斎邸のまわりに出没するようになってきた。

「こうしておって、晋斎殿にご迷惑をかけることになっても申しわけない。ここを引き払うことにいたしたい」

伴は晋斎にそう申し出た。彼が引き移ったのは、それまで彼がいた津右衛門屋敷と徳永晋斎邸のちょうど中間、慶雲庵という小さな曹洞宗の寺だった。これは新津の北の横越村沢海《そうみ》にある、名刹《めいさつ》大栄寺の末寺であった。忘れられたようにぽつんとある寂しく粗末な寺だったが、庵の裏へ出れば、そこには木立ちのあいだから、目を遮るものもない田んぼや原野が広がり、西南方には秋葉山の丘陵が意外に近く見えた。伴がこの慶雲庵へ移ったのは、六月中旬のことだったようである。

六月二十二日、陽暦では七月二十日であった。伴がここへ移って、まだ何日もたってはいなかった。近くの村人は、その日伴が庵の裏手に出て、一人で夕日を眺めているのを見た。夕日はぎらぎらと燃えて、秋葉山の方へ沈もうとしていた。金色に輝く空と平原、その逆光を受けて、伴は不動明王の像のようにじっと立ち尽くしていた。

この時の孤独な伴の姿は、なぜか知らず村人たちに強烈な感動を与えたらしい。現在、この慶雲庵は時々おばあさんなどが集まって、講が開かれるくらいで、無住の寺になっているが、庵のそばに住み、その守《も》りを引き受けている明治四十一年生まれの昆富治さんはいう。

「その時、伴百悦は、ただ黙ってじっと夕日を眺めていたがんだと。何を考えていたもんだかねえ。とにかく長い時間、そうしていたんだね。おれが子供のころ年寄

りから、ようそういって聴かされたもんだ」

確かにその時、伴は何を考えていたのだったろう。懐かしい会津には二度と帰れぬ自分。そして次第に追いつめられている自分。新しい世の中になって、何か別の世界が自分にも開けるような、そんな気もしたけれども、所詮それは幻想だった。あるのは厳しい現実だけである。でもそれでいい。自分は自分の生き方を貫き通すだけである。頑迷といわれようが、偏狭といわれようが、最後の会津武士として、自分がよしと信じたその世界の中で死のう。

彼は自分が埋葬してきた、あの多くの戦友の腐乱死体を思い浮かべる。それがいま、しみじみと親しい存在に思われた。汚いものに怒って立ったあの戦友たちは、理不尽な力の前に次々と散華していったのだ。

だいたい藩主容保侯が、孝明天皇の御信任が厚かったということでもわかるように、会津はもともと朝敵どころか、天皇尊崇であり、それを心の拠りどころにした藩だったのだ。ただ薩長の権謀術数に対して、徳川家を守ろうとはした。そのために無理矢理に、朝敵の側に追いこまれてしまった。馬鹿だったかもしれない。しかしそれは、これまでその中で呼吸してきた武士の世界の存在理由を賭けて、その義に殉じようとしたものだ。

ところがその肝心の徳川家にさえ、会津は軽く見捨てられた。保身が第一の世の中なのだ。しかしみなが強者にひれ伏したら、徳川三百年の武士道とは何だったのかということになろう。われわれは滅びてよいのだ。武士の最後にあたって、武士道を守る者がいたという事実を残せるならば——。

暮れなずむ夕空を仰いで、伴の姿は祈りを捧げるように見えた。そして村人たちはその伴の姿に、漠然とながらも武士の悲哀というものを感じとったのだったろう。

その夜、寝苦しいカヤの中で、伴は大きくその片目をあけていた。外の闇の中に、ひたひたと寄せる足音がある。

「来たな」

伴は静かに起き上がって、大刀を手にした。足音は一部、裏手へもまわったようだ。包囲されている。

「ここへ移って、まだ何日もたっていないのに、もう嗅ぎ当てられたか」

伴は苦笑した。

どんどんと割れるように、表の板戸をたたく音がする。

「だれじゃ！」

「あけろ！　会津藩士、伴百悦、御用だ！　逃《のが》れぬところだ。神妙にいたせ！」

相手の声は上ずっている、と伴は思った。逆に自分の頭はスーッと平静になる。

反対側の部屋に寝ている住職は、震えているであろう。気の毒なことをした。

「ふむ、逃れぬところ——か」

確かに自分の死は、いまそこまできたようである。縄目の恥など受けず、心静かに死にたい。一瞬のあいだに彼はそう思った。ただ、ここまできて無益な殺生はしたくないが、戸をはずされたりしては困る。自分の死を邪魔させないためには、やむを得ないだろう。

板戸をたたき壊すか、はずすかしようとしている外の相手に、伴の刀がぐっと伸びた。板戸ごしの突きである。重い手ごたえ。

「ウッ！」

相手はうめいて倒れたようである。

ばたばたと逃げる足音が別に起こった。懐紙で刀の血糊をぬぐうと、伴は戻ってきてカヤをはずし、ふとんの上に正座した。

「神妙にせい！」

「覚悟いたせ！」

外では騒いでいるが、入ってこようとする者はない。

伴は刀を逆手に持った。法に従っての切腹である。スッと冷たい感触で、刃が左の脇腹に入った時、ほとばしる鮮血の中で、伴は急に自由になった自分が、いまあの懐かしい会津へ帰りつつあることを感じていた。

前出の昆富治さんは、子供の時に、その伴の壮烈な最期についてよく聞かされたという。老人は私の問いに丁寧に答えてくれた。

「そうさ、おれが子供のころは、近所の浅見さんの家に、まだそん時のカヤというがんが残されていてのう。下の方が伴の血がついたとこだったというが、そこは真っ黒い色になっていたね」

「一説では、伴は近所の居酒屋か何かで、カヤの中で寝ているところを襲われたのだ、ともいいますが――」

「いや、そんげことはねえね。伴はこの慶雲庵で死んだがんさ。きてみなさい。ほれ、ちょうどこの部屋になるこてね」

昆さんは私をその部屋へつれて行ってくれた。正面に向かって右側、採光の悪い二間つづきの奥の八畳で、後ろはもう裏のやぶになっていた。慶雲庵は昆さんの子供のころに焼けて、いまの建物はその後再建されたものというが、間取りは焼ける前とほぼ同じになっているのだという。

ただ伴百悦が、板戸越しに相手を刺したのは、大刀ではなくて手槍、という説も地元にあることを、私は昆さんの話で知った。陰気な穴倉のような慶雲庵のその部屋は、会津武士の典型が光芒を放って燃え尽きる、その舞台にしては、少しわびし過ぎるような気が私にはしていた。

五

慶雲庵に伴百悦を襲ったのは、越後村松藩の捕り手だった。

「会津の人伴百一《(まま)》亡命して、大安寺村に潜匿す。卒吉田倉之助、笠原八郎を遣わして逮捕せしむ。百一従闇中《あんちゅうより》倉之助を刺し、みずから咽喉を貫きて死す」(『松城志』原漢文)

ただこの記録によると、事件は明治二年から三年にかけての冬のようだが、血染めのカヤが現地に残っていたことをはじめ、他の記録と照合しても、『松城志』の方は、あとから書いたための間違いであろう。またここでは、捕り手の名は二人しか挙げてないが、現地の伝承では七人といい、また六人ともいう。

「しかしさむらいでも、馬鹿を見るのはやっぱり下っ端だね」

前出、昆富治老人の話では、上役はこの時、後ろにいて、その部下が一番先へ進んで板戸をこじあけようとした。そこを伴に刺されたのだという。村人は犠牲になったその武士、『松城志』によれば吉田倉之助を気の毒に思いもしたが、同時にその吉田の気丈さにびっくりもしたのだった。刺された吉田は、即死したのではなかった。彼は村人たちの戸板に乗せられて、村松まで運ばれた。出血が多量であるうえに、傷口からはらわたがはみ出していた。

「おい、医者どん。おれは大丈夫か」

戸板の上の吉田は、小さいがしっかりした声で、付き添いの医師に尋ねた。

「さむらいというがんは、きついもんだ」

この吉田を運んだ村人が、後年まで感嘆していたという。

しかし伴百悦召し捕りに、なぜ村松藩が、自分の領地でもない大安寺まで出張ってきたのかは謎である。村松藩は戊辰戦争の時、奥羽越列藩同盟に加盟して、東軍の一員として戦い、十一代藩主堀直賀《なおよし》は、米沢まで退いたあと降伏している。その後、藩内恭順派が擁立していた堀直弘が十二代を継ぎ、この明治三年には十歳で村松藩知事となっていた。伴の逮捕が上からの命令だったたか、自発的行動だったたかは別として、そういういわば過去に失点を持つ村松藩としては、新政府に点をかせいでおきたいという事情はあったであろう。

しかもこの年、村松藩は南方の下田村や七谷村などの領地を手放して、代わりに北方の五泉一帯を新領地として、所領をまとめることができた。坂口一族のいる金屋や大安寺などは、その五泉のすぐ北である。ニセ金、ニセ札取締りは、当時どの藩でも厳しくやっていたであろうが、その捜査の段階で、すぐ北の大安寺にニセ札造りらしい、怪しい武士がいるという聞き込みがあれば、それとばかりに村松藩が密偵を送り込むことは、不思議ではなかった。

そしてその探索の結果、ニセ札で目をつけた男が会津藩士であって、あの東松事件のおたずね者らしいとなれば、村松藩としては意外な展開で、大物を捕らえるお手柄のチャンスとなるわけだった。伴がもし、ニセ札というきっかけを持たなかったら、彼は発見されないですんだか、発見されるにしても、それはもっと遅れたであろうことが思われる。そして伴が会津製のニセ札を持ち込んでいたとすれば、それは伴にとっても、津右衛門にとっても、破滅のもとになったのだった。

ところで、伴の壮烈な最期に感動した村人たちは、彼の遺体を一寸厚さの松板の箱に納め、腐らぬように塩二俵（三俵とも）でつつんで、慶雲庵の一隅に葬った。会津からいつ受け取りにきても、引き渡せるようにという心遣いだったが、案に相違して会津からはだれもこなかった。会津側ではこのころ、藩士たちの斗南藩移住でごった返している時で、知っていても受け取り人など派遣できなかったであろうし、第一、伴が越後大安寺で自決したことなど、知り得たかどうかも疑問だった。

伴が死んでしばらくたったある日、坂口津右衛門が慶雲庵へやってきた。例によって乗馬であった。津右衛門は住職の案内で、伴の遺体を埋葬した境内の一隅に立った。そこには小さな自然石が置いてあり、あの精悍な伴はその下で眠っていた。線香の煙の中で、何を思うか津右衛門は沈痛な顔で手を合わせた。

——会津武士というのは、伴様のような方のことをいうのだろう。東松事件についても、あの方はつつみ隠しなく自分に話してくださった。許せぬものは許さぬ、という激しい気性の方が、自分のところで過ごされた日々の、あの静けさ、優しさ。

さぞ会津へお帰りになりたかったであろうに、その日はついにこなかった。

——伴様を襲ったニセ札の探索の手は、いずれ自分のところへも伸びてくるであろう。武士も滅びる。栄華を謳歌した自分も滅びる。合掌しながら津右衛門は、そんな崩壊の幻を見ていたのだったろう。

「いや、いろいろと大変でござらしたのう。これは少ないが、わしのほんのお見舞の志じゃ」

住職に一礼して、津右衛門は馬で去った。

伴百悦の遺体は、以後九十五年を静かに、この阿賀野川に近い大安寺の土地で眠りつづけた。昭和四十年のある日、この伴の墓を探して、慶雲庵を訪れた人がある。当時、越後交通社長、会津出身の柏村毅だった。その昔、村人が置いた小さな自然石の墓石は、丈なす雑草に埋もれて、その所在もよくわからなくなっていた。訪れる人影もない、荒れた墓の前に柏村は立った。

「香花を手向け、墓側に立ち、この地下に独り淋しく眠る先生を偲び、低徊去るに忍びなかった」

後年、墓のそばに建てられた碑面に、柏村はそう書いている。その墓というのは、一念発起した柏村が、昭和四十一年一月に建てたもので、高さ一五二センチ、幅四〇センチの御影石製だった。

（正　面）
会津藩士
伴　百　悦　墓
（右側面）
修功院殿百法勇悦居士
（左側面）
新津市大安寺慶雲庵に於て
明治三年六月二十二日没
享年　四十四歳
（背　面）

越後交通株式会社
取締役社長　柏村毅拝建

そしてその墓の隣りの「伴百悦之碑」は、昭和六十二年に伴の一族の伴亨一郎氏が建てたものだが、そこにある柏村の選文は、末尾が次のようになっている。

「嗚呼、天下節義の士の出現を待つこと今日より急なるはない。私は慨然時勢に鑑み、この地に新たに墓標を建立して先生の高風を万世に伝えんと決意した。今や工成り寺僧を請じ知友と共に恭しく追善の供養を厳修した」

しかし現在も、この墓や碑を訪れる人は少ないようで、私がお参りした日も、慶雲庵の裏でやぶを背にした墓はしんと静まり返っていた。伴が死ぬ当日、夕日を眺めていたというのは、この墓のあたりだったのであろう。伴も眺めた秋葉山をここで眺めていると、私の思いは次々と空へ広がっていった。

伴家の系図を見ると、その遠祖は鳥居元忠の家臣、伴嘉喜之助であった。徳川譜代の臣鳥居元忠は、関ケ原の戦いの時、伏見城の留守を預り、豊臣方に囲まれて死んだが、その時、伴嘉喜之助もともに死んだのだった。しかしその夫人が烈婦で、伏見城落城で逃れる際、懐に抱いた男児を無事守り通し、そのため伴家は後世につながったという。

秋葉山の空を眺めながら、また私は思う。熱血、無私、妥協することのない正義感、信ずるところに邁進する気節、そんなものでわが現身《うつせみ》を滅ぼした伴百悦は、確かに会津武士のある一面を体現した一生だったであろう。柏村が碑文で、現在最も必要なものとしている「節義の士の出現」というのも、そういう人物待望論なのであろう。いまはなくなった武士の生き方、武士道の残照のように、伴の面影は私の心にしみる。

だがそれにしても――とまた私は思う。伴百悦・高津仲三郎・町野主水、例はあげきれないけれども、敗者に、会津一般に、これほどの怒りと悲しみを残した勝者は、一体、自己を何と考えるべきなのか。会津人が特別に執念深いわけではあるまい。足を踏んだ人は、踏まれた人の痛みを忘れることができたり、はなはだしければ知らなかったりする。しかし痛みは、踏まれた方には残る。そういう勝者の無反省がおごりへつながり、みずからの滅びの道へつながる。

勝者となることより、勝者であることの方が難しいことなのかもしれない。そのことを勝者は、もっとまじめに考えるべきだった。そういうことも、戊辰戦争の教訓の一つだったろうに、歴史に学ぶことをしないまま、勝者の体制は日本を運営し、同じ誤りを対外戦争のたびごとに、積み重ねてきたように見える。いや、いろいろな面で、現在も世界で同じ道を辿っている勝者は、あるのかもしれない。

――何の物音もしない。だれも来ない。私は伴の墓に語りかけながら、立ち尽くした。

「それにしても、伴さん。あなたの怒りや無念はわかりますが、どうですか。あなたのその思いも、いまはもう恩讐のかなたへ到達されているのでしょうね。いや、軽々しくそんなことをいうなと、あなたは怒られますか。でも伴さん、あなたの純粋な怒り、それが本当に必要なのは、むしろいまなのかもしれませんね――」

あとがき

本書『歴史物語　伴百悦』の主人公伴百悦の物語は、もと一九九〇年恒文社刊『武士道残照』の中に、収録されていたものである。しかし歴史春秋社阿部隆一社長は、この最後の会津武士伴百悦の、燃えるような魂と、潔く壮絶な生き方を、今の世にもっと知ってほしいという一念から、この伴に関する部分の再出版を企画された。

だがその実現までには、いろんな障害や困難があったはずだが、阿部社長の固い決意がそれを克服した。長い歳月を経て店頭から姿を消していた伴の物語は、今こうして再び日の目を見ることになった。それは著者としてまことに本懐というべきことであるが、同時に私はこの阿部社長の中にも、伴と共通する一途な会津武士の魂、高い志というものを見る思いがしている。

さて本書の伴の記述だが、たとえば彼が東松事件の後、逃れて越後大安寺の坂口家に匿まわれるまでの彼の足跡は、謎として私は書いた。しかし当時の河川交通を担っていたのは、被差別部落民であった。彼らを自分と同じ人間として、真に心を開いてつきあった伴が、その庇護と協力を得て、阿賀野川を下って越後へ逃れる——というような筋書きは容易に考えられるところである。

これに限らず残っている伴の史料が少いだけに、そうした想像が入り込む余地は、各所に十分にあり、そうした方が面白かったり、むしろ伴の人間性を浮き彫りにできたり、そういう効果はあったかも知れない。しかし私は余計な味つけはしない方が、結局は伴の真骨頂に迫るにはいいのだ、という立場をとった。つまり史料からなるべく離れないようにしたのである。

ところで私は伴のことを書きながら、今の世の中が頭から離れなかった。現代の若者の特徴の一つは、無関心、無感動だという。愛の反対も憎ではなくて、無関心だというのである。社会で何が起きようと怒らない。怒るのはダサい。そういう今の風潮の対極にあって、われとわが身を憤激するものに力一杯ぶつけて、燃え尽きさせた一人の会津武士。これはまさしく、逆にいえば今日的なテーマの提示だ、と私には思われたのである。

またもう一つ、私の胸の中にＢＧＭのように響き続けていた思い。本文末尾に書いたのでくり返さないが、伴の場合だけでなく、敗者の会津に、これほどまでの深い悲しみと怒りを与えた勝者とは何だったのか。戦中派の私にとって戊辰戦争というものは、実に深い教訓を明治以後の日本に残して行ったことが痛感されるのだ。

本書の執筆にあたっては、多くの方々から暖かい、御指導、御協力をいただいたが、特に会津若松市の故宮崎十三八氏のほか、新津市史編纂室の羽入隆夫、福井市史編纂室の印牧信明、新潟市史編纂室長の大沼淳（肩書はいずれも当時）の皆様方からは、一方ならぬお世話をいただいた。本書出版に当たってお世話下さった阿部社長以下歴史春秋社の皆様と合わせて、厚く御礼申し上げる次第である。

平成二十五年六月

中島欣也

■主要参考文献

「会津征討出兵記」2、同付録1・2　春嶽公記念文庫　福井市立郷土歴史博物館蔵
『会津地名人名散歩』　宮崎十三八　平成元年　歴史春秋社
『会津戊辰戦史』　同編纂会　昭和十六年　井田書店
『会津若松史』5・6　昭和四十一年　同出版委員会
『豪槍流転』　平成元年　岩木晨
『松城志』　明治四十四年　奥畑義平　村松町郷土資料館蔵
『治右衛門とその末裔』　坂口守二　昭和四十一年　新潟日報事業社
『水原郷土史』　小林存　昭和三十二年　水原町
『戦死之墓所麁《あら》絵図』　改葬方　相田泰三　昭和四十一年　会津士魂会
「辰のまぼろし」上二　柴五三郎編　市立会津図書館蔵
『新津市誌』　昭和二十七年　新津市役所
「松平文庫」　新番格以下　松平宗紀氏蔵　福井県立図書館保管
「明治初年の贋悪貨幣問題と新政権」　昭和五十二年　松尾政人　市立会津図書館蔵
「明治戊辰戦役殉難之霊奉祀ノ由来」　町野主水　昭和五十五年　会津史談所収
『若松市史』下　昭和十六年　会津若松市
『私の城下町』　宮崎十三八　昭和六十年　国書刊行会

■著者略歴

中島　欣也（なかじま・きんや）

新潟県三条市出身。大正十一年生まれ。昭和十八年陸軍航空士官学校卒業、戦闘機パイロット。戦後、公職追放解除とともに、昭和二十七年、新潟日報入社、社会部記者。以後、学芸部長、報道部長、編集局長を歴任、昭和五十九年一月、常務取締役（編集担当）で退社。

著書：『戊辰朝日山』（恒文社刊）、『ゲリラ将軍』（同）、『愛憎河井継之助』（同）、『破帽と軍帽』（同）、『裏切り』（同）、『銀河の道』（同）、『武士道残照』（同）、『戊辰任侠録』（同）、『大河津分水大一揆』（同）、『明治熱血教師伝』（同）、『幕吏松田伝十郎の樺太探検』（新潮社刊）、『脇役たちの戊辰戦争』（新潟日報事業社刊）、『残影　敵中横断三百里』（同）、『男の道は夕茜』（同）、『一番星見いつけた』（同）

現住所：新潟市寺尾上一—二—九

会津武士道に生きた
歴史物語　**伴百悦**

発　行／二〇一三年六月二十七日
著　者／中　島　欣　也
発行者／阿　部　隆　一
発行所／歴史春秋出版株式会社
〒九六五—〇八四二
福島県会津若松市門田町中野
☎〇二四二（二六）六五六七
印　刷／北日本印刷株式会社